ド・レミの歌

はじめに

恥ずかしいのと、おっかしいのと、なかなかいいじゃんっていうのがごちゃまぜになった、そんな気持ちです。私の初エッセイ集、本当に復刊しちゃうんですよ！

二年前、『ド・レミの歌』を読んだ編集者が「復刊しませんか？」って提案してくれたんです。でもそのときは断りました。だって、本に書いてある自分がバカな娘みたいなんですもの。先生にどなられたり、夜の銀座で危ない目にあったりね。だから恥ずかしくって。

それから一年くらい経ってまた読む機会があったんです。そしたらなんだかすごくいいエッセイに思えちゃった。不思議ね。すぐ編集者に「私の『ド・レミの歌』って本、知ってる？私の若い頃の話でさ、すっごくいいエッセイなのよ」って電話しました。編集者は「レミさん、それぼくが復刊しませんかって前にお願いした本じゃないですか」って言うの。そんな話すっかり忘れてました。それでまた読み直してみたら、恥ずかしいことばっかり書いてある気がしてくる。そんなことの繰り返しでした。

この本には、私が描いた絵がたくさん入っています。連載当時、夫の和田さんが描け描けってそそのかすから、描いてみたら、「レミの絵はなかなかイケるね」って。それで調子がついちゃった。和田さんはすごいイラストレーターだけど、いばったりしない人。誰かの絵を見てうまいと思ったら、素直にほめる人。だから私の絵をほめてくれたときはとっても嬉しかったな。

そのとき飼ってた猫の絵もいっぱい描きました。「桃代(ももよ)」が寝っ転がってる絵なんて、家に来てた横尾忠則さんにほめられちゃったんですよ。「レミちゃん、うまいねえ。ぼくにもこんなの描けないよ」って。それを聞いた和田さんもその絵をのぞいて「これはうまい」って言うの。和田さんと横尾さんにほめられるなんて、私、絵の才能があったのかしら。

横尾さんの他にも、永六輔さん、篠山紀信さん、黒柳徹子さん、いろんなお客さんが遊びに来ました。吉永小百合さんが来たことだってあります。楽しい思い出ばかりだけど、思い出すのはやっぱり恥ずかしいことばっかり。
　長男妊娠中に切迫流産になりかけたとき、渥美清さんが木箱に入った大きなメロンを二つも持って家までお見舞いに来てくれました。「これ食べて元気になりますね！」ってもらったんだけど、私、メロンが大っ嫌い。そのまま誰かにあげちゃった。しばらくして渥美さんがまたメロン持って家に来たの。渥美さんは「レミちゃんも食えよ」って言うんですよ」って断っても「そんなこと言わないでさ」って勧めてくる。どうしようもないから「メロン食べるくらいならウンコ食べるほうがマシです！」って言っちゃった。でも言ったすぐあとで、渥美さんからお見舞いでメロンもらったこと思い出したんです。申し訳ないし、みっともないし、その日はもう渥美さんの顔見られないから寝ちゃいました。

　当時は顔が赤くなるくらい恥ずかしいことも、今思い出してみると自分でも笑っちゃう。ほんと、おっかしいね。思い出っていうのは、ちょっと恥ずかしいくらいがちょうどいいのかもしれません。

二〇二五年三月吉日　平野レミ

和田さんと横尾さんと私。台所仕事やったまんまのエプロン姿で撮られちゃった。　写真＝篠山紀信

目次

第2章 ド・レミの歌

第3章　ド・レミの子守歌　135

第１章

ド・レミ前奏曲

誰かが写真に「レミさん」って書いちゃってるの。おかげでどれが私かわかりやすいんです。

これは私のはじめて印刷になった文で、『愛のオーロラ』（1973年）という写真集につけたものです。写真は北欧の男女のヌードだったので、それにふさわしくセックスに対する意見を述べてくれと注文されたのが、こんなかたちに思春期の思い出ばなしになってしまったのです。その文に『風をつれて地球を歩け』（1976年）という本の中に書いたものの一部と、『文藝春秋』（1974年）に書いた随筆の一部を継ぎ足しました。

男の子は嫌いだった

小学生のとき、私はいつもハダシで歩きまわっていた。

勉強のカバンを忘れて、お弁当だけ持って学校へ行くくらい、勉強は嫌いだった。勉強は頭を使うし、頭を使うのはまだるっこしいし、まだるっこしいことは嫌い。だからいつもビリッかすだった。

ケンカはよくした。でも女の子とはケンカしたことはない。相手はいつも男の子ばっかり。ある日、学校の帰りに男の子十人くらいに待ち伏せされた。私がガキ大将でいばっていて、ナマイキだと思われたらしい。男の子はみんなパチンコを持っていて、石っころで撃ってきたので私の顔は血だらけになってしまった。

それでも私は泣かない子だった。うちに帰ってカバンを置いて、すぐひき返し、男の子のボスをつかまえて胸ぐらつかんで、顔をひっかき、すっ倒し、洋服をビリビリに破いたので、ほかの男の子たちはおったまげて逃げていってしまった。

私がうちに帰ると、その子のお母さんがビリビリに破れた洋服を持ってやってきた。

「レミちゃんにうちの息子がこんなことされました」

と泣くので、私の母はただあやまるばかりだった。

そのころ兄はふとっていたので「空気デブ」と言ってからかわれていた。私はそれを聞くと、お兄ちゃんの仇をうちに、からかった子をひっぱたきに行った。

そう言えば母はいつもあやまっていたっけ。そんなふうだから、男の子は嫌いだった。

「男はくさいくさい」

と私はいつも言っていた。


そのころ、ワン遊軒犬丸という人が、たまに父のところに来ていた。ワン遊軒というのはもちろん本名じゃなく、父がつけた名前だ。動物病院の息子で、自分も獣医になろうと勉強中だったのだ。私はワン遊軒がお風呂に入っているのをのぞいては、

「三個ぶらさがってる!」

と大きな声で言ったものだった。

そのうえ、毎日のようにワン遊軒のズボンの上から握ってしまう。私は小さかったから手をのばすとちょうど届くところにそれがあった。やわらかくて握るのがいい気持ちだったけれど、ワン遊軒は前をおさえて逃げ回った。ある日、ドアを開けて入ってきたのをい

きなり握ったら、その人はワン遊軒でなく、父だった。父はイテイテと叫び、

「お前、いつもこんな強く握るのか、ワン遊軒かわいそうに」

と言ったのを今もはっきり憶えている。

こんな私に呆れた親戚の人たちは、

「レミちゃんが十八、九になってからこの話をしたらさぞかし恥ずかしがって赤くなるでしょう、その顔を早く見たい見たい」

と、しょっちゅう言っていた。十八になってからの私は、べつに赤くもならなかったけれど。


中学生になって、私はオッパイが大きくなってきた。ある日ワン遊軒は、いきなりブラウスの上から私のオッパイを摑んだ。私はビックリしたと同時に恥ずかしく、黙ってワン遊軒の目を見ていた。そのときはじめて私が女で、ワン遊軒は男なんだなあ、と思ったのだ。男と女のへだたりのような、変な感じだった。

それ以来、私はワン遊軒のものを握らなくなった。思えばそれまで五、六年握りつづけていたのだった。

はじめてのラブレター

勉強はできなかったけど、スポーツになると万能で、中学のときはいつも学校代表になって、短距離とか水泳とか卓球の対校試合になると必ず朝礼台にのっけられて、全生徒がみんな並んで、

「シュンジュウトキハウツレドモ　トワニカワラヌコウスイノ……」

と校歌を歌って送り出してくれた。この歌詞の意味はいまだにわからない。

中学に入ってすぐ、はじめてラブレターをもらった。差出し人が女の名前になっていたので何げなく封筒をあけると、書き出しが「僕は……」だったからびっくり。便箋一枚、鉛筆書きだった。便箋の最後に三橋建太郎と書いてある。同級の男の子だ。

好きで好きでしょうがない、君のことを考えると眠れない……という内容。私は、

「バッカみたい、バッカみたい」

と叫んだが、このときも、「私は女なんだ」と思わせられた。

父と母は二人して親戚中に電話をし、「レミにラブレターが来た、ラブレターが来た」と報告するし、家に来た人に残らずその手紙を見せて朝から晩まで大笑いしていた。

学校の廊下ですれちがうと三橋君はマッカになって下を向いてしまう。私の方はぜんぜん平気。でも、あのときの三橋君の目は熱をもって充血しているようで、すぐ下を向いてしまうのだが、パッと合ったときは懐かしそうな、親しみのこもった目だった。男の子のそんな目はそれまで知らないものだった。同じクラスなのに、とうとうひと言も口はきかなかった。

その頃うちの庭は広く、あずま家があって、そこに近所の子どもたち——私以外はみんな男の子ばっかり——が集まって、そこでいろんな話をした。話というのはエッチなことばっかり。そういうことに興味を持ちはじめる年頃の男の子が集まっていたのだろう。

ある日、父の書斎を整理していたら、原稿用紙の間から春画が出てきた。セーラー服の女学生と中年の男、それをふすまの陰から覗いている女、という絵だった。ぜんぜん知らない世界を見たおどろきで、ドキドキしてしまった。いつもパンツはいて見せないところとところをくっつけて、なんて大人ってスケベなんだろうと思った。

それから父の書斎に掃除に行くのが楽しみになった。家の人に見つからないかと思いながらドキドキして見るのはスリル満点。同じ絵を毎日見ているので、頭の中に全部こびりついてしまった。それで見るのをやめたのだった。最近父に聞いたのだが、それは竹久夢二が描いた珍しい春画だったのだそうだ。

学校の運動場にあるトイレの外側の壁に、「レミとやりたい」と書いてあった。目の前に大きく。もうやんなっちゃった。恥ずかしかった。全校の生徒がはいる場所に私の名前だけ書いてあるんだもん。男の子は私の顔を見てニヤニヤ笑うし、「やりたいやりたい」ってからかうのだ。私自身のそんなところを意識したことはなかったのに、みんなが想像しちゃっているのかと思うといやでいやでたまんなかった。それなのにその落書きを消してくる勇気はなかった。

その学校の校庭の土手は二段階になっていて、急な土手だけれど、そのてっぺんに自転車を持って行って、ブレーキなしで下までサーッと下りると、そのままこがないで校庭を猛スピードで走れたのだった。私の兄貴が気持ちよさそうにそれをやっているので、私も真似してやってみたくなった。ピューッと全速力で土手を下りたまではよかったけど、そこから数メートルのところに直径十センチくらいの桜の木があって、それに激突してしまった。

ちょうど自転車のタイヤにまっすぐ当たったのだ。自転車はひんまがって、桜の木はまっぷたつに折れた。ちょっとはずれてハンドルを持った手に当たったら、自転車がひんまがるくらいだから手もひんまがってぐにゃぐにゃになっていただろう。今考えても恐ろしい。その日のうちに教頭が私の家に来て、桜の木を弁償してくれと言った。

私の初恋

同級生のA君を好きになった。目立たない人なのに、全校生徒の学力テストをやるといつも二番か三番になる。私と同じ卓球部で、とてもうまかった。フォームもいいカッコだった。笑顔がとてもよく、清潔でシャボンみたいな人だった。

彼が学校に忘れたラケットを私はうちに持って帰り、次の日渡したのだが、それがとてもなごり惜しかった。ラケットがうちにあった夜は、なんとなく嬉しく、A君がそばにいるようで、彼と同じ持ち方でラケットを持ったり、なでたりした。幸せだった。それが私の初恋。A君の名前を何万字書いたかわからない。そのくらい好きだった。

卓球部の合宿で蓼科湖へ行ったことがある。女のグループで一人、男のグループから一人、ジャンケンで負けた人が飲みものを買いに行くことになった。まず私が負けた。私はA君が負けるといいな負けるといいな、と思ったら、本当にそうなってしまった。

A君と二人、夜の蓼科湖のほとりを半周してスーパーへ。月が出ていた。湖もはっきり見える。彼の顔もはっきり見える。でも私たちは手もつながなかった。手つないじゃえばよかったなあと、あとから思った。

そのうちA君に私が好きだということが通じたらしい。私に本を貸してくれたりして親切だったが、私は本は読まなかった。


ある日デートをした。上野へ胸ときめかして行った。生まれてはじめてのデートである。ところが行く途中の電車の中で、おなかがゴロゴロ鳴りだした。その日、私は下剤を飲んだことを思い出した。上野公園でA君と会った。しばらくベンチで話をした。おなかがまたゴロゴロ鳴りだした。我慢してると鳥肌が立ってくる。私はA君に、

「胃が痛いの」

と言った。ムードこわれちゃうから本当のことが言えなかったのだ。

彼は背中を叩いてくれた。そしたらよけいにトイレに行きたくなってしまうのだ。もう我慢できなくなってトイレに駆けていく。

「吐いてきちゃった」

と言いながら戻る。またベンチで話をし、またいい感じになる。そしたらまたおなかがゴロゴロ鳴りだすのだ。私はまた胃が痛いと言い、彼は背中を叩き、私はトイレへ走り、その繰り返しで彼はしらけちゃったらしい。もう帰ろうということになってしまった。

あのときは絶対キスになると思っていた。というのは例のあずま家の仲間にキスの経験者が二人いて、その話を聞かされていたのだ。ヤッペという子は、

「キスなんて自分のベロ噛んでるのとおんなじ」と言い、コッペという子は、

「子牛の上等の肉を噛んでるみたいだった。だからキスしたかったら子牛の肉買ってきてなめてたらいい」

と教えてくれた。

女の子同士でキスしてた友達もいた。本当は男の子としたいのにできなくて、それでもどんなものか興味があったからだった。

私のキスについての知識はその程度のものだったのに、あのときは絶対キスになると思った。本当なら当然そんな雰囲気だったのだ。でもダメだった。下剤のおかげで。あの日、下剤飲んでなかったら、私はもしかしたら、今、A君の奥さんだったかもしれないのだ。

A君とはそれっきり、デートもしていない。

あんなに海を愛していたのに

水泳は、太平洋は私のものだと信じていたくらい得意だった。

高校の頃の夏、大磯へ泳ぎに行った。ちょうど台風にぶつかって、水泳ができなかった。台風が過ぎても高波で海はまっ茶色。まだ遊泳禁止だった。

私はじれったくて、大磯の親戚の女の子に洋服を持たせて、水着になって突堤を灯台の方に向かって歩いていった。コンクリートの突堤は白く乾いていたので安心していた。女の子は数メートルあとからついてきた。

ところがいきなり高波がきて、わっと思った瞬間、私は海に落ちていた。海の中はまっ白だった。そこまではおもしろかった。泳ぎには自信があったし、荒れた海の方がスリルがあっておもしろい。私はぐーっと沈んでから浮き上がった瞬間、女の子のことを思った。あの子が波にさらわれていたら絶対助からない。

突堤の上を見たら、私の洋服を持ってその子はまだ立っている。そして私の方を見て泣いていたから、私は手で帰れ帰れと合図をした。それから岸に泳いでいこうとするのだけれど、なにしろ波が高くて、岸が見えたと思うと目の前全部が波になって、岸、波、岸、波、の繰り返しばかりで、ぜんぜん進まない。向こうに岩が見えたので、とりあえずそこまで行って休もうと思った。そう思ったとたんに波が私を岩まで運んでいた。かじりつこうと思ったが、波がザザザとひいて私はまたもとの位置にひきずられ、そのときは岩でガリガリとひっかかれた。ずいぶん時間がかかったけれど、ようやく岸にたどりついた。気がついたら全身血だらけだった。岸では人が大勢見ていた。

私はあんなに海を愛していたのに、海は私を裏切ったと思った。あのときは体力が限界まで来ていたから、もう少しで力つきておぼれていたかもわからない。私が助かっても、もし女の子が落ちていたら、一生牢屋に入っているみたいな気持ちで暮らさなきゃならなかっただろうと思う。

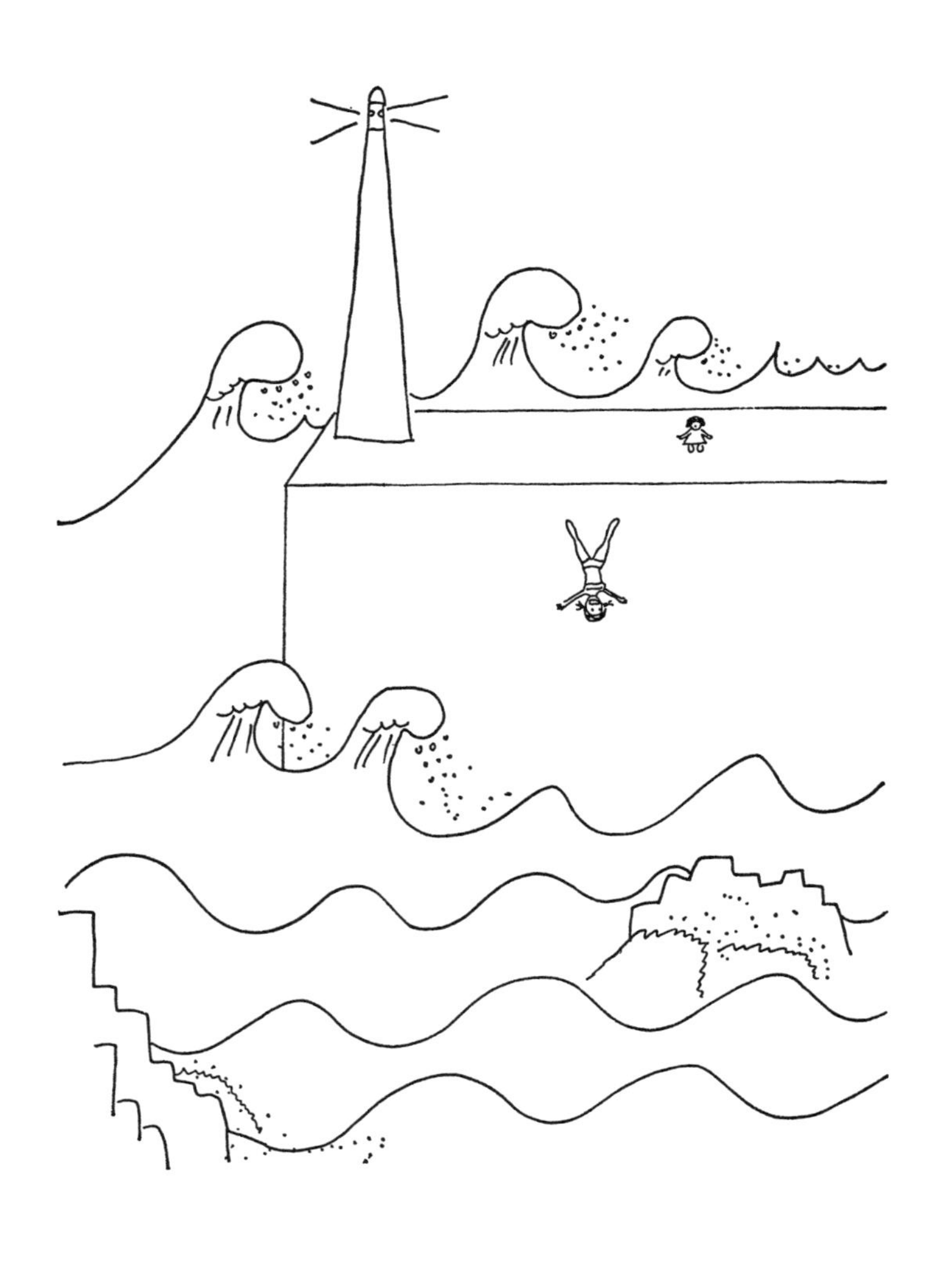

学校やめたくなっちゃった

いつのまにか歌にとりつかれ、とりわけ美空ひばりが好きだった。私が庭で大きな声で美空ひばりの歌を歌っていると、近所の人がレコードが鳴ってると思ったほど、ひばりの歌はうまく歌えた。

私はビリッかすだったが、兄は勉強がよくできて学級委員なんかやっている。それで学校を休んで兄に勉強を教えてもらい、しばらくたって学力テストを受けたら、全校で十三番。先生も同級生もおったまげちゃった。

そして上野高校に私がパスしたら、校長先生も、私の父も、

「奇跡だ奇跡だ」

と言ったのだった。ところがやはり勉強は嫌いで、高校二年の頃は数学など何が何だかさっぱりわからず、問題を出されても問題の意味さえもわからない。

その頃、Sさんという同級生の男の子が、なぜか私に親切にしてくれて、あまり口はきかないのだが、授業中に私がわからないと、小さな紙きれに答えを書いて回してくれる。

いつも正しい答えなので私は助かり、私がSさんの顔を見ると、彼はニコニコ笑っているのだ。それで私はSさんが好きになりかけた。

ある日、英語の時間、いきなり先生が、

「平野君、立ってそこを訳しなさい」

と言った。私はこっそりアンチョコを出し、アンチョコだからスラスラ読むことができるけれど、感じを出すためにわざとつかえながら訳したが、まわりの席でクスクス笑っている。全部読み終わってから先生に、

「君、ページが違うよ」

と言われたのだ。

先生もひどい。途中で注意しないなんて。もうこの学校はイヤだと思って教室を出てしまった。

それは二時間めだったが、三時間めはもう出ないで電車に乗った。でも家に帰るには早すぎるので、常磐線の松戸—上野間を行ったり来たりした。それにあきると、山手線の内回り外回りを何回も回ってうちに帰る。次の日も母にお弁当を作ってもらって出かけ、同じように一日中電車に乗って帰る。そういうことを一週間続けた。

同じ常磐線に私と同じことをやっている女の子を見つけた。同じように終点になっても降りないで行ったり来たりしている。同じ年頃だし、この子もきっと勉強が嫌いなんだなあ、私と同じなんだなあと思うととても心強かった。向こうもきっと同じ気持ちだったのだろう、私のことをじっと見ていた。

常磐線も山手線もぐるぐる回ってるのはいやになっちゃったから、とうとう父にうちあける決心をした。父の書斎にはいり、私は生まれてはじめて正座をした。

「学校やめたくなっちゃった」

と言ったら、父は、

「ああいいよ、やめろやめろ」

と言ってくれた。理由も聞かないんだからおったまげちゃった。何も言わないのに娘の気持ちがよくわかるなあと思ってとても嬉しかったし、なんて素晴らしいお父ちゃんだろうと思った。

その次の日に母と学校へ行き、やめることを告げると、担任の先生も校長先生も、やめることはないと説得したけれど、私の決心は変わらなかった。そしたら先生たちは、

「では仕方がない。勉強がそれほど嫌いならやめてもいい。だが本だけは読みなさい」

と言ってくれた。父も本を読めといつも言っているし、みんな同じことを言うなあと私は思った。

いまだに私は本を読むことが好きになれずにいる。父はファーブルやモーパッサンの翻訳ものや南方熊楠の研究本など本をたくさん書いている人だけれど、私は父の本を一冊も読んだことがない。このことは父ももうあきらめているらしい。

自由な生活のはじまり

その後、私は文化学院に入学した。家で遊んでいるよりどこか学校へ行った方がいい、という父の意見もあったし、それにこの学校は試験がなかったのだ。面接と、どうしてこの学校に入りたいのか、という文章を書かされた。

「自由が欲しい。この学校には自由があるらしい。上野高校は山の向こうに東大が見えていて、あそこ目指して勉強しろ勉強しろと言われてきた。休み時間でもみんな勉強していた。それがとても嫌だった。私にとって上野高校時代は暗黒の時代だった。一流の大学に入ってそれが何になるんだろう。もっと楽しい、奔放な生活があるはずだ」

そんな内容のことを書いた。いっぱい書いた。

文化学院は本当に自由だった。好きな生活を私ははじめた。

美空ひばりが好きだった私は、歌を習いたいと思うようになった。

ハーモニカの宮田東峰(とうほう)さんを父が紹介してくれたので、宮田先生の歌謡教室に通うようになった。けれど、歌わされる歌の歌詞が「惚れちゃった」とか「もっと酔わせて」とか「ねえアンタ」とか、キッタナイ言葉ばっかり出てくるので、すっかりいやになってしまった。

父の友達のフランス人がよくレコードを持って遊びに来る。そういったシャンソンを聞いていているうちに、シャンソンていいな、と思うようになっていた。もしかしたら私もフランスの血が四分の一はいっているし、それで私にぴったりあったのかもしれない。血がさわぐのかしら。

そこで父は、同じミックスの佐藤美子さんを紹介してくれた。私はシャンソンを真剣に習いはじめた。先生は

「教えるけれど決してプロになろうと思ってはいけない」

と言った。どうしてですか、と私がたずねたら、

「プロというのはお金をとる商売でしょ。お金はとってもけがらわしいものだから」

と言った。でも先生は私から月謝をとっていたけど。

最初に教わったシャンソンは「聞かせてよ愛の言葉を」だった。

私はもともと泥の匂いが大好きで、草花を育てるのが得意。よく園芸学校から草花を引

っこ抜いてきてうちの庭に植えていた。そんなふうだから父は私に園芸学校に行くことをすすめていた。

園芸かシャンソンか、どちらか迷ったあげく、シャンソンを選んだ。もし園芸を選んでいたら、今ごろ草花に囲まれて、手のシワの中まで泥がめりこんで、世の中のグチャグチャを知らない神様みたいな女の人になっていたかもしれない。

シャンソンは好きだから休まず真面目に横浜まで習いに行ったけれど、学校の勉強はあい変わらずしなかった。

スゴイ女になってみたかった

毎日のように銀座、池袋、新宿にくり出していた。私たちは三、四人のグループで、ボーイハントに行くのである。ひっかけられに行くのだ。つまり、ひっかけられるふりしてひっかけるわけ。必ずひっかかった。と言ってもお茶のんで帰るだけなのだ。いつも一回こっきりで、別れるときはウソの電話番号を教えていた。

ある日、池袋でひっかけた立教の学生はハンサムで素敵な子だったが、

「君、ここから上？　ここから上？　ここから上？」

と言って首と胸と腰を指した。キスだけしたのか、ペッティングの経験はあるか、それともセックスまで体験したか、と聞いているのだ。私は実は男の子と手を握ったことさえなかったが、本当のこと言って子どもみたいに思われるのがシャクだから、

「全部やっちゃった」

と答えた。私は子どもだったけれど、スゴイ女になってみたかった。だから芝居をし、

芝居することがとても気持ちよかった。

銀座でソフト帽子がころがってきたことがある。ロマンスグレーの人が追いかけているので拾ってあげた。それをきっかけに、そのおじさんに連れられて日本料理屋に行った。私たちは女の子二人。おじさんは大阪の貿易会社の社長だという。料理屋で酔っぱらってクラブへ行った。おじさんはダンスしながら耳もとで、

「今夜どう？」

と言うのだ。私は芝居に夢中になっていたので、

「私は高いわよ」と言った。

おじさんが値段をつけるので私はどんどんつり上げたが、話がとても具体的になるので急におっかなくなり、おじさんをまいて逃げてしまった。

逃げる途中で今度は若い男にひっかかった。私たち女の子二人、男の子二人でタクシーに乗ったのだが、男の子はこっそり行先を言ったらしい。タクシーは千駄ヶ谷のホテルの前で止まった。私は「あ、きたな」と思い、「週刊誌のとおりだな」とも思った。でも本当の私は見知らぬ人と口きくのが楽しいだけ、そこまでがせいいっぱいで、セックスなんて思いもよらないことだった。

ところがもう一人の女の子は男の子とホテルに入って行く。私が大声で、

「入ったら大変よ！」

とどなると、彼女は引き返してきた。そこで私は突然ベランメエで、

「バッキャローなんだと思ってんのよ」

と男たちにタンカを切り、男たちは、

「すげえ女だ」

とあきれて帰ってしまった。タクシーの運転手は、

「あんたたちあぶなかったですねえ」

と言った。もう明け方になっていた。そのことを友達に話すと、ゲラゲラ笑う子と、真剣に、「あんたたち不良ね」と言う子と半々だった。家では父も母も面白がって、またまた、

「うちのレミにはこんなことがあった」

と親戚中に伝えたのだった。

遠藤周作先生にどなられる

文化学院では遠藤周作さんの講義の時間があった。

ある日、遅刻して教室に入っていくといきなり、

「出て行け！」

とどなられた。そのときもいつもの友達といっしょだった。どなられた理由はいまだによくわからないのだが、たぶん私たちはいつもデレデレしていて、授業中の態度がよくなかったせいだろう。それでも図々しく席につこうとすると、遠藤先生は、

「おまえたちは俺の講義を聞く必要ない、早く出て行け！」

とまたどなり、教室中はシーンとしているし、とてもおっかなかった。仕方なく教室を出た。教室を出たがすることがない。そこでまた二人、銀座へハントしに行ってしまった。

その彼女のお兄さんは有名な評論家のAさんだ。そのお兄さんの知り合いにテレビのディレクターがいて、そんな縁で彼女と私はテレビに出たことがある。

それは農村の青年二人と都会の女学生二人が、青春とか若者の生き方、考え方とかいうテーマで討論する番組だった。農村から来たのは青年団の人たちで、真剣にしゃべり、真面目で、「生きてる」って感じだった。日焼けして働く喜びをかみしめているようだった。その人たちの言葉がむずかしく、何を言っているのかさっぱりわからなかった。私は「生き方」なんてわからないし、「考え方」といったって何も考えないで生きていたから何にも言えない。とうとうその番組は話のやりとりがなく、しゃべるのは農村の青年二人だけで、私たちはぼんやりモニターにうつる自分の顔を見ていただけだった。ナマ放送だった。

家に帰ると母に、

「あんな恥ずかしいことはなかった。まるでバカ娘じゃないの」

と言われた。その番組についての記事が『週刊新潮』に載り、

「都会の娘たちはまるでバカみたいで、農村の青年とはまったく対照的だった」

と書いてあった。

シャンソンのオーディション

歌に自信があったわけではないけれど、日航ミュージック・サロンのオーディションを受けに行った。先生のピアノ伴奏のブンチャブンチャというのだけではもの足りなくなったからだ。バンドがバックについたところで、一生に一ぺん歌ってみたかった。誰の紹介もなく、電話帳をしらべて電話をした。

「オーディションやってますか?」

ときいたら、

「やってます。何日の何曜日に譜面作っていらっしゃい」

という答えだった。私は譜面の作り方もわからなかったので、そのミュージック・サロンに行ってバンドの人に教わった。そしてあらためてオーディションを受けに行った。オーディションと言ってもお客さんが入っている。本職の歌の人の前に歌うのだ。前座の前座である。

「ジョリー・シャポー」をフランス語で歌った。歌いはじめたら、口の中にのど飴が三個入っていた。オーディションの前にのどをなめらかにしようと思って、いい声が出るように、ふつうは一個なのに三個も入れていた。口の中はスースーいい気持ちだったけど、歌うにはモゴモゴして歌えない。それで「ちょっと失礼」と言って、まん前のお客さんの灰皿の中にパラパラと出して、それからまた歌った。お客さんはゲラゲラ笑っちゃうし、私はもう落っこっちゃうと思った。

でも歌い終わったとき、すがすがしくて、とっても身が軽くなったようで、すごく気持ちがよかった。だから思いがすっかりかなったので、これだけでもうよかった。

結果を電話できくことになっていたのだけれど、落ちたと思ったし、気持ちがよくて満足していたから、電話をすることなんか、すっかり忘れていた。

そしたら、ある日友達が、

「来月のスケジュールにレミちゃんの名前が出てるわよ」

と言った。それから五日に一ぺんくらい銀座日航ホテルの地下で歌を歌うようになった。

オーディションを受けたのは、バンドで歌いたかったこともあったけれど、もうひとつは、歌を習っていたときに月謝をいっぱいつぎこんだので、それのもとを取りたかった気持ちもあった。一人で積極的にオーディションに挑戦しに行ったのは、私のケチがそうさせたのかもしれない。

露出狂

常磐線で露出狂に会った。私のとなりに座っている男が新聞を大きくひろげている。私の目の前まで新聞が来るのでなにげなく男の方に目を移したら、いきなり見えてしまった。びっくりした。なにしろ男の人のそういう状態を見たことがなかったから、最初は何だかわからなかった。

次にこのおじさんのはまちがっている、と思った。だって大きいんだもん。小さいときから犬のその状態は知っていた。人間も同じだと思っていた。男の子たちの話を聞いていたし、春画も見たことあったけれど、なにしろ本物ははじめてだ。もうおったまげてじっと見ちゃった。

それは文化学院に通っていたときの話だけど、最近もそういうことがあった。地下鉄で私の目の前に立った男が出しているのだ。私は気がつき、

「あ！　出てる！　出てる！」

と叫んだ。

男はすぐレインコートの下に隠したが、私のとなりの人が、

「どれどれ」

とコートをめくり、

「ほんとだ、出てる出てる」

と言ったから、まわりの人は大笑い。

それぞれ、「ひでえ男だな」とか、「カァちゃんいねえのか」とか言い、その男は吊革につかまったまま目をつむって眠ったふりをしていた。

私はその車両のみんなと仲よくなってしまい、北松戸で私が降りるとき、みんな、「じゃあね」「さよなら」「気をつけてね」なんて言ってくれた。

その話を人にすると、

「レミちゃんの前でそれをやった男がかわいそうだ」

とみんな痴漢の方に同情するのだ。

大失敗のデート

文化学院を卒業してまもなく、Tさんと知り合った。シャンソンが好きで私の歌をよく聴きに来てくれたのだ。足の悪い人だったが、そのことに気がついたのは何回もデートしたあとだった。二人は並んで歩くから、彼が足を引きずっていることに気がつかなかったのだ。私もぼーっとしていた。

彼に言葉づかいを注意されたことがある。父も母も私を野放図に育ててくれたから注意されたり叱られたりしたことがない。彼が注意してくれたのが最初だった。それでいっぺんに好きになってしまった。

彼は足の手術の話をしてくれた。その話があんまりかわいそうで私は泣いてしまった。

彼は、

「同情されたくない。同情するのは看護婦だけでいい」

と言った。

ある日、日航ミュージック・サロンに歌を聴きに来ていたお客さんが、

「シャンソンのテープを貸してあげる。聴いて勉強していらっしゃい」

とテープを渡してくれた。私はとっても感謝し、何度もお礼を言って家へ持って帰ってテープをかけた。Ｔさんが家まで送ってくれたので、いっしょに聞いた。ところがそのテープから出てきた音は、ヒイヒイ、フウフウ、ハアハアばっかりだった。

はじめ私は何のことだかさっぱりわからなかった。何か悩みごとがあって、誰かの前で泣きながらうちあけている声だと思った。彼は突然テープを止め、

「あいつはひどい男だ」

と怒りだした。彼が怒るので私はやっとわかりかけた。そのお客さんは私をからかったのだ。テープの正体はわかったけれど、セックスって悦楽だと聞いていたのに、どうしてこんなに悲しそうな、みじめな声を出すのか、それはどうしてもわからなかった。

彼は本をたくさん読む人で、いろんなことをいっぱい知っていて、私が何をきいてもちゃんと答えてくれる。大きなお兄さんという感じで、私は彼に頼りきっていた。私にないものを求めていたのだろう。

私と彼とはまったく違っていた。私は勉強しなかったから何にも知らないけど、彼は何

でも知っていた。私はスポーツ万能で彼は足が悪かった。でもそれは外見のことで、恋とは関係がない。恋って心でするものだもん。

ある日、友達に、

「ああいう人とつき合っていて、レミちゃんがかわいそう」

と言われたことがある。

かわいそうなのは私じゃなくて、そんなこと言われる彼なので、私は悲しくてワアワア泣きながら家に帰った。

交際は二人の心が離れるまで続いた。別れたのは心が離れたからで、決して外見のせいじゃない。そしてあの頃は、心がとってもくっついていた。

銀座の喫茶店で、

「手を出してごらん」

と言われて手を出したら、彼は自分の手と合わせて、

「小さい手だね」

と言い、そのまま私の手を握った。彼は、

「出よう」

と席を立ち、私たちはそのまま手をつないで外に出た。

私たちは日劇の前を通り、いつも乗る有楽町の駅を通りこし、日比谷公園の前を通って皇居まで歩いた。私は「今日、これから何かが起こる……」と思っていた。

皇居前広場のベンチに座ったとたん、ぱっと彼の顔が近づいてきた。

もう少しでキスになるというところで黒豆のにおいがした。お正月の感じだった。それで、

「黒豆食べた？」

と私は彼にきいた。そしたら、

「うん、食べてきたよ」

って彼は言った。

ムードなんてぜんぜんなかった。

次のデートのとき、おんなじ場所へ行った。

そして同じベンチに座ったら、またぱっと彼の顔が近づいてきた。今度はこげたパンのにおいがした。私はまたきいた。

「こげたパン食べた？」

そしたら彼はびっくりしてしばらく黙っていた。そして、

「今日来るとき食べてきた」

と答えた。

こんなふうに、私の嗅覚が発達しすぎていたせいで、いつも何だか動物みたいな感じ。

いま思うと、料理の世界に入るベースがこの頃にはもうできてたみたい。

そのへんまでが私の手さぐりの時代。恋愛のこともセックスのことも、何にもわからなかった。無我夢中だった。

ラジオの仕事

銀座日航ホテルでシャンソンを歌っていたら、レコード会社のディレクターが勧誘に来た。

歌い手にとってレコードを出すことはとっても魅力があったし、何よりもお婆さんになってから記念になると思った。私はシャンソンのレコードを出したかったが、シャンソンは売れないとディレクターが言う。そこで反戦歌をレコーディングした。

それを会社で会議にかけたら、

「今は反戦歌は下火だから」

とオクラになった。反戦歌が下火という考え方ものすごくおかしいと思うけれど、とにかく次は歌謡曲ということになった。

最初に出したのが「誘惑のバイヨン」という歌で、パチンコ屋とストリップ劇場でははやったのだ。

そんなことしているうちにプロダクションがついた。プロダクションの社長は、

「新人は三か月が勝負だ。世間をあっと言わせるような話題が必要だ」

と言って、私を日活映画に売った。

私は主役だということだけ聞いて撮影所に行ってそこで台本を渡された。その場で台本を読んでおどろいてしまった。それはエッチな内容だったのである。私は本をほうり投げてうちへ帰ってしまった。

そしたらすぐ社長から電話があってカンカンに怒っている。

「プロダクションの言うことを聞かないタレントはいらない！」

とどなられた。

その頃私のスケジュールはぎっしりだったが、社長は私が急病になったことにして仕事は全部キャンセルしてしまった。私は、

「短かったけれど楽しい芸能生活だったなあ」

と思いながら一か月ぐらいぶらぶらしていた。

そんなとき、ＴＢＳから電話があった。ご病気中のところ恐れ入りますが……という前置きで、「それ行け！歌謡曲」という番組が始まるから出てくれないか、と言うのだ。それでＴＢＳに出かけて行ったら、ディレクターは私の顔を見て不思議そうな顔をしている。

それに向こう側で何かヒソヒソ言っている。そして、

「混血児ですか」

ときく。

「はい、うすまってますけど」

と私。ディレクターは続けて、

「コロムビア・レコードですか」

ときく。そうだと答える。

「四月十日発売の新人ですか」

ときく。そうだと答える。

「レコードの担当はMさん？」

ときく。そうだと答える。すると、

「じゃやっぱりそうなんだ」

と言いながらなぜか腑におちない顔である。

あとで聞いたらラジオのディレクターのところに配られていたレコード会社の宣材に新人の写真がたくさん載っていて、私の写真と辺見マリの写真が間違って入れ替わって刷られていたのだ。

ディレクターは可愛子ちゃんが欲しいので辺見マリ目当てに呼んだのに、私がそこへ行ってしまったのである。きかれたことに私がそうだと言ったのが辺見マリと偶然、全部一致していたのだった。

とにかくそれで毎日ラジオに出るようになった。私のコーナーは「ミュージック・キャラバン」と言って、「男が出るか、女が出るか」とバカでっかい声を張り上げていた。二年半毎日それを繰り返していたら、のどがおかしくなり美声がドラ声になっちゃった(相棒の久米宏はそれをのどちんこ骨折と言った)。だからシャンソンを前ほどきれいな声では歌えない。その代わりラジオを聞いて私をお嫁に欲しいと言う人が出てきた。

今その人と結婚している。

第２章

ド・レミの歌

拝啓
永らく絶望視されておりましたが、四十七年十二月三十日、わが家に嫁さんが来ました。式、披露宴その他は面倒くさいので省きましたが、当人同志はうまくやっております。お知らせが遅くなって失礼いたしました。ご容赦ください。
和田誠

令夫人になりました。
たった五回のデートで決めちゃうのはカケみたいだけど、どうせ結婚なんてカケなので、この人にカケてみようと思います。電話もカケてくださいね。
レミ（旧姓平野）

住所＝東京都港区北青山二―一〇―二〇
四〇三・四五五七
呑気にやっておりますので、どうぞ気楽にお立寄りください。
なお、亭主の仕事場はいままで通りです。

結婚の挨拶状。結婚式も結納もなし。新婚生活はさっぱりとしたスタートでした。

雑誌『面白半分』（1974年10月号）が結婚特集で、そのとき「結婚についてのマジメな話」を書きました。次の年に連載を頼まれて、半年続けて書きました。毎月のタイトルに使った「マジメな話」というのは、本当は父の本の題の真似で、父は、『円盤についてのマジメな話』とか『お化けについてのマジメな話』などの本を、たくさん書いているのです。

結婚についてのマジメな話

結婚する前だと結婚についていろいろ言えるかもしれないけど、結婚してからでは結婚について言えなくなってしまう。結婚なんてカケみたいなもので、結婚してみないとどうなってしまうかわからない。相手のことなどわかったようでわからないし、相手がごまかしているかもしれない。

私はイビキかく人は絶対にダメなのだけれど、そうかそうでないか確かめたりはしなかった。インポかもしれないし、水虫かもしれないし、そんなこと何もわからないまんま結婚することを決めてしまった。

ところで私の結婚は想像したよりもよかったので、こんなにいいものだったらもっと早くすればよかったと思う。学校出てすぐでもよかったし、どうせ一緒になるんなら、中学のときからでもいいし、幼稚園のときからでもよかったと思う。時間がムダだったみたい。私は何をのそのそやっていたのだろう。

どうしてよかったかと言うと、私は結婚生活というのは独身のときとまるっきり違うもので、結婚というものは階段を上るか下りるかするようになるのだと考えていたのだが、実はまるっきり平らで、階段を上り下りするようにくたびれるようなことがなかったからだ。実家にいるのとまるっきりおんなじで、それにプラスして好きな人がそばにいるのだからとてもいいのだ。

私の夫はイラストレーターで、知り合った頃は『週刊サンケイ』の表紙の似顔絵を毎週描いていたが、私はそんなことも、彼の名前さえ知らなかった。彼は私のラジオを聞いて私のことに興味を持ったらしく、知り合いのディレクターの紹介で会うことになった。

私はTBSの「それ行け！歌謡曲」の「ミュージック・キャラバン」というコーナーで「男が出るか、女が出るか」とバカでっかい声を出していた。コーナーの相棒の久米宏に、「私、今日和田誠という人に会うんだけど、どんな人？」

ときいたら、久米さんは、

「立川談志をタテにつぶしたような顔の人だ」

と言った。

TBSの地下の階段を下りたら、そのとおりの顔の人がいた。

その人と食事をし、そのあと、

「ぼくんち来ない？」

と言うので、私ははじめて会った独身の人のうちへ行くわけにはいかない、ともったいつけたけれど、どうしても来てほしそうなので、つい行ってしまった。それが運のツキ。彼のうち（つまり今は私のうち）には本がいっぱいあって、私はもともと本を読まない人なので、本を読む人をすぐ尊敬してしまう。私は昔から本をたくさん読むひ弱な人が好きだと言っていた。私の兄はそれを聞いて、それじゃ病院の図書室で本読んでる人を亭主にすればいい、と言った。

彼はひ弱な感じではなかったけれど、本を読む人らしかった。本棚に『血の晩餐』というすごく厚くて目につく本があったので、

「これ何ですか？」

ときいたら、それを棚から出して見せてくれた。それは大蘇芳年という人の描いた浮世絵を集めた本で、血だらけのコワイコワイ絵ばかりがのっていた。その絵からいつのまにかお化けの話になった。彼はお化けのレパートリィをいっぱい持っていて話をいっぱい聞かせてくれた。私はすっかり尊敬してしまった。なぜなら、私は小さいときからお化けの話が大好きだったから。

彼は、

「明日もお化けの話を聞きに来る？」

と言い、私はそのとおり次の日もそうしてしまった。私は週刊誌などのインタビューで結婚のきっかけについてきかれると、いつもこのお化けの話の話をするのだが、夫はそのことについては機嫌が悪い。お化けの話で女の子を恐がらせてひっかけるなんて古い手だし、いやらしいし、ひと聞きがよくない、と言うのだ。そう言えば日本列島改造論がどんなに日本を悪くするかというような話も、確かにしてくれたのだけれど。

私にはへんなクセがあって、それはボーイフレンドができるとすぐ知識を試してみたくなる。モッちゃんという人なんか、そのせいでシラガがいっぱい生えてしまった。たとえば、

「宦官て知ってる？」

ときいたり、

「零戦て知ってる？」

ときいたりするのだ。

これは私が知識がまるでないので、男の人には知識を持っててもらいたいと思う心からである。私は零戦というのは赤線とか青線みたいなものだと思っていたのだ。モッちゃん

は私の質問にいつも答えられなくて困ったように、

「人間は知識じゃないよ。何でも知ってるってことは人間にとって大事なことじゃないよ」

と言っていた。でもいろんなことを知ってる人がそれを言うならいいけれど、知らないで言うのは言い訳みたいでよけい軽蔑したくなってしまうのだ。

そのテストを彼にもやったら、彼は合格した。そして、

「その程度のことなら誰だって知ってるよ」

と言った。彼は、

「うちにお嫁に来ない？」

と言った。

デートらしいデートもしていない頃だった。それなのに私はすぐ、「うん」と言ってしまった。普通だったら「考えさせて」とかもったいぶってもよかったのに、私はカッコつけなかった。もう少しカッコつけて悩ませてやればよかった。

彼は私のことを「レミちゃん」と呼んでいたが、私が「うん」と言ったとたんに次の会話から、「レミ」と呼びすてにするようになったので何て図々しい人だろうと思った。

彼は私の過去のことをきかなかった。私の過去のボーイフレンドのことなどきこうとも

しなかった。私が逆に「何できかないの？」ときいたら「どうでもいい」と答えた。

結婚式もしなかった。もちろん結納などの手続きも一切なかった。私が持ってきたのはパンツ三枚とパジャマを入れた紙袋だけだった。肉を高級スーパーで奮発して買って、私がステーキを焼いて、彼がシャンパンをあけて結婚行進曲のレコードをかけ、二人で乾杯。二人だけの結婚式。

そのときはじめて、あ、結婚しちゃった、と思った。そして挨拶状を出した。

拝啓
永らく絶望視されておりましたが、四十七年十二月三十日、わが家に嫁さんが来ました。式、披露宴その他は面倒くさいので省きましたが、当人同志はうまくやっております。
お知らせが遅くなって失礼いたしました。ご容赦ください。
和田誠

令夫人になりました。

たった五回のデートで決めちゃうのはカケみたいだけど、どうせ結婚なんてカケなので、この人にカケてみようと思います。電話もカケてくださいね。　レミ（旧姓平野）

こんな文面だった。私は主婦になった。もう一年半以上主婦をやっている。

会う人が言う。

「レミちゃん、ご飯作れるの？」

タレント時代の仲間、シャンソンの友達など、必ず言う。人は見かけによらないという言葉は私のためにあるのだ。私は毎日三度三度（うちは遅く起きるので本当は二度二度）ご飯を作っている。料理は高い材料じゃなくてベロの感覚だ。私はベロの感覚がすぐれているのだ。

私の父は戦後、差別されていたミックスの子どもたちを守る「レミの会」をやっていたので、うちにはいつも居候がごろごろしていた。それで料理をいつもたくさん作らなければならない。私は小さい頃から母の手伝いを台所でやっていたのだった。

夫は先見の明があるのか、この人は料理がうまい、とはじめて会ったときに思ったのだそうだ。今までのボーイフレンドにはそれを見抜ける人が一人もいなかった。ラジオでバカでっかい声出している女が料理を作るなんて思えないのだろうか。

夫は近所に仕事場を持っているので昼も食べに帰ってくる。私はたまには外で食べたいと思うので、二人で出かけることもある。自分で作ると、作ってる間におなかがいっぱいになってしまうような気がするので、たくさんは食べられないのだ。だから外で食べるのが私は好きなのだが、私がレストランで、「おいしいね」って言うと、夫は必ず、「うちで食う方がよっぽどうまい」と言うのだ。「どんな高い料理屋よりもうちの方がうまい」と言う。この言葉を聞くとうれしくもあり、ああまた当分は外で食事ができないなあ、と思って悲しくもあるのだ。

いま女として私がいちばん快感をおぼえるのは、チリ紙交換のおにいさんと、古新聞の束を前にしてトイレットペーパーいくつと取り換えるかカケヒキすることである。
新聞一か月でダブルのトイレットペーパーになったときに何とも言えない喜びと充実感がみなぎる。チリ紙交換が来ると、まずグチャグチャになっている新聞をゆわえてもらう。それからカケヒキ。安かったらそのまま帰ってもらう。それでもゆわえてもらった分だけ整理がついてトクなのだ。これが主婦の知恵である。夫はケチだケチだと言う。

歌についてのマジメな話

美空ひばりが大好きで、美空ひばりの物真似ばっかりやっていた。レコードは全部持っていた。うちの中でも庭でも一日中美空ひばりの歌を歌っていた。近所の人はレコードが鳴ってると思っていたそうだ。そのくらいうまく真似ができたから、美空ひばりと私は対等で、ひょっとしたら美空ひばりって私のことじゃないかと思っちゃった。

ところが「りんご追分」というレコードが発売されたのですぐ買ってきて聴いて、「りんごの花びらが風に散ったよな　月夜につーきーよ」までは対等にやれたのだけれど、「よ」から次の「に」に行くときの節まわしが何とも言えない技巧で、とろけるようなウラ声のこぶしに私は手をあげてしまった。ここで差がついた。美空ひばりは立派な人で、私は美空ひばりじゃなくただのファンにすぎなかった、とはじめて気がついた。

それでシャンソンを習うことにしたのだった。父と親しかった佐藤美子さんのところに習いに行った。美子先生は、

「歌でお金をもうけようという気持ちがないんだったら教えてあげる」と言った。もちろんそんな気はなかったし、ただ好きだったからレッスンを受けに松戸から横浜まで通っていた。週に二回、数年間続けた。そのうちにピアノだけじゃなく、バンド演奏をバックに歌を歌いたくなってしまった。

銀座日航ホテルのミュージック・サロンというところでオーディションがあるということを聞いて、それを受けに行った。「ジョリー・シャポー」を歌ってパスした。それでバンド演奏をバックに歌えるようになった。

はじめてプロとしてお客さんの前で歌い終わったときの気持ちは今でも忘れない。お風呂に長いこと入って出てきたとき、湯気がいっぱい立って、ぐったりしてサバサバしたときの感じだった。そしたらサロンのマネージャーが、

「レミちゃん、ハンコ持ってきた?」

ときく。私は何のことだかわからなかった。ハンコとは領収書に押すハンコのことでつまりお金をくれるというわけだ。私はおったまげちゃった。こんなに楽しいことをやって、しかもお金をくれちゃうっていうんだから、人生やっててつくづくよかったとひしひし思った。

初心に返れと言うけれど、今の私はお金が大好きになって、ギャラは高い方がとってもうれしい。これは本当にいけないことだ。美子先生との、お金はけがらわしいもの、歌でお金をもうけないという約束にさからったから、ちょっと具合が悪くて、その後不義理をしている。

銀座日航ホテルではプロとしての加藤登紀子さんのデビューにも立ち会っている。その日、私が、

「では加藤登紀子さんをご紹介します」

と言ったのだった。

佐良直美ちゃんともよくいっしょに出た。直美ちゃんは、一ぺんオーディションに落っことされている。あんなに上手な直美ちゃんが落ちるなんて、審査なんて基準をどこにおいているかわかりゃしない。

私がシャンソンを選んだ理由は自分でもよくわからないが、おじいさんがフランス系アメリカ人で四分の一の血がさわぐせいか、日本語よりもフランス語で歌う方が上手に聞こえるような気がするのだ。フランス語の発音は父に仕込まれた。発音は割とうまくできるらしく、舞台が終わると客席にいるフランス人が、ペラペラと話しかけてくることがある。

私はとっても困ってしまう。発音だけで、フランス語なんてぜんぜんわからないからだ。私はどもりだけれど、歌うときはどもらないから、歌が好きな理由はそこにもあるのかもしれない。だけど歌でどもるとどうなっちゃうんだろう。

私はラジオのディスク・ジョッキーでも堂々と平気でどもるから、どもりの子どもを持つお母さんから手紙が来て、とっても心強い、なんて言ってくれたりする。放送局でも、どもりの司会者は前代未聞だと言われた。私はどもりなんかちっとも恥ずかしいことだと思わない。同じ字を何度も言うだけのことで、その分だけはっきりわかっていいと思う。

どもり学校にも行った。どもり学校の先生と会話をすると、ぜんぜんどもらない。普通のどもりの人は緊張するとどもるのに、私は緊張したときはどもらないのだ。家に帰るとどもる。リラックスするとどもるのだ。どもり学校の先生は、こんなどもりは見たことないと言い、研究資料にしたいと言った。でも父はどもってもかまわないから、学校なんか行くことないよ、と言うので結局学校はやめてしまった。

ラジオで私がどもっていたら、そのどもり方が面白いと、コマーシャルの仕事が来た。CMナレーションで、ディレクターに、

「この行とこの行の間でどもってください」

と三か所ぐらい指定されたが、私は本当のどもりなので、

「そんなこと言われたって、うまくそこでどもれるかどうかわかんない。そこがスラスラ言えて、ほかのところでどもっちゃうかもしれない」

というと、ガラスの向こうでディレクターとスポンサーたちが何やら会議をしている。それで、好きなところでどもってかまわない、ということになった。ところが、もしかしたらその日は快調で、ぜんぜんどもらないかもわからないのだ。でも都合よくその日はどもったのでOKになり、そのコマーシャルはずいぶん流れた。

あんまり公衆の面前でどもったので「本当はどもりじゃないでしょ。計算してわざとやってるんでしょ」と何度も言われたことがある。不思議なもので、かくした方がどもりだと言われるのだ。


一時は「ミュージック・キャラバン」で私の相棒をやっていた久米宏もどもるようになった。久米さんはTBSのアナウンサーだから、どもりじゃ困るのだ。それで真剣に悩んでいた。中山千夏ちゃんもどもるようになった。千夏ちゃんは人の真似がうまくて私の真似をよくやっていたが、この頃は真似するつもりがなくてもどもるようになってきた。ワイドショーでも口とんがらかしてどもるときがある。

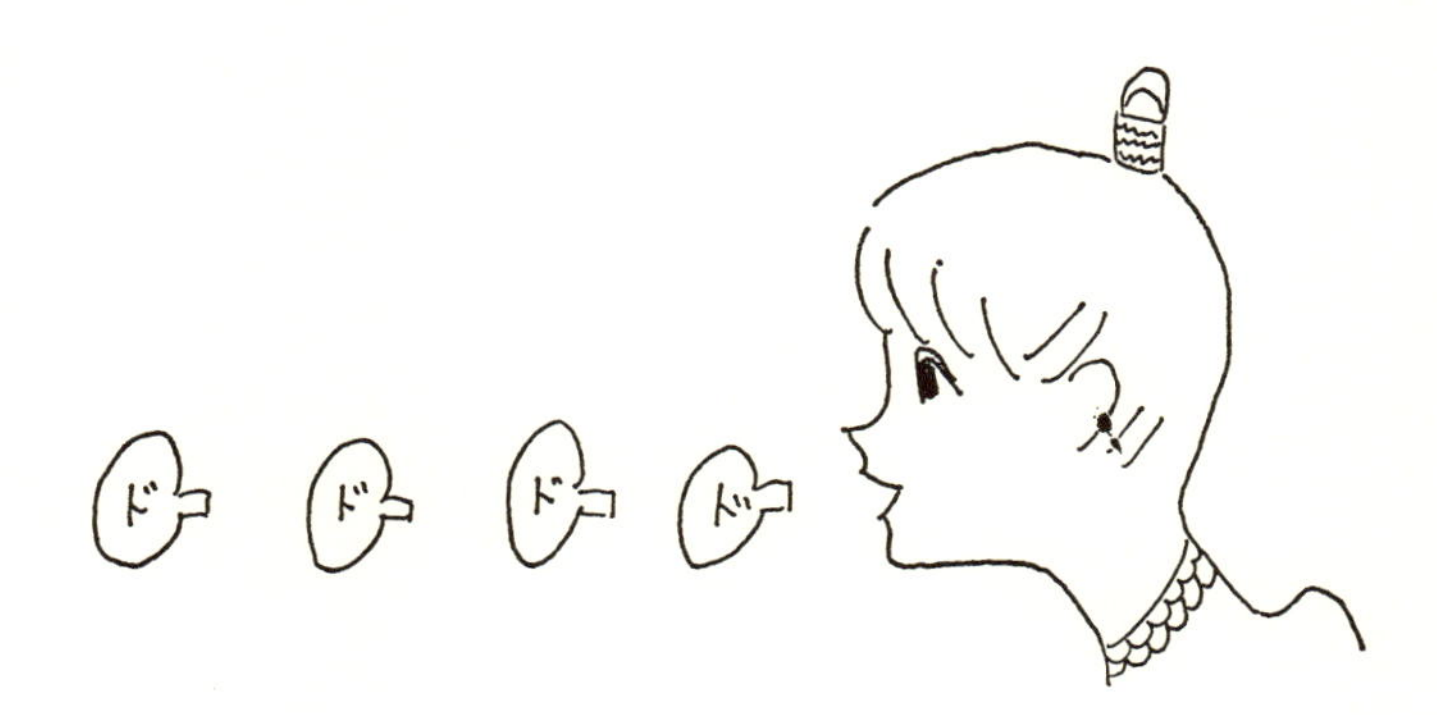
ド
ド
ド
ド

千夏ちゃんのうちの夫婦と私のうちの夫婦は親戚づきあいみたいに仲がいい。ある日、私が千夏ちゃんと車に乗っていて、何となく小さいときから知っていて口ずさんでいた歌をその日も口ずさんで、そのときふと、千夏ちゃんに、

「これ、どういう意味だろう」

ときいた。私はずっと前から意味もわからずに歌っていたのだが、その日に限ってきいたのは、千夏ちゃんが何でも知ってる物知りだからかもしれなかった。その歌は、

「すぎゆくみずにあきはぎたれ　はまなすつゆはほととぎみず」

というのだ。千夏ちゃんは真剣に考えてくれたけれど、さすがの千夏ちゃんもさっぱりわからず、

「昔の人はむずかしい言葉をつかうねえ」

と言った。わけのわかんないまま、うちに着いた。千夏ちゃんはわからないことがあると気持ち悪いようで、早く解決したいらしく、うちの夫に聞いた。

メロディは「夕空はれて秋風ふき……」だから、その歌の二番かなんかだろうということになって、夫は古い歌の本をひっぱり出して調べてくれた。そしたら、

「澄みゆく水に秋萩たれ　玉なす露はすすきに満つ」

だということがわかった。私は耳で聞こえるまんま覚えていたのだった。みんなに笑わ

れちゃったけれど、聞くはいっときの恥だから笑われてもいいのだ。解決しても音だけ聞いてちゃ余計わからなくなる。もうひとつそういう歌がある。

「そののさゆ　うりなあでしこお　かきねのちぐさ　きょうはなれ　えをなあがむるうおわりのひなり」

これもさっぱりわからない。


私は今、「銀巴里」というシャンソン喫茶で歌っている。主婦をやっているから、どうしても趣味で歌っている感じになってしまう。でも「銀巴里」で歌うのはとても楽しい。

ある日、永六輔さんが、

「『銀巴里』で歌わせてくれるかな」

と言うので、私はふざけているのかと思って、「ほんと？」ときくと、真面目に、「ほんと」と答える。それで、

「『銀巴里』の新人ギャラは最初は五百円で、税金ひかれるから四百五十円ですよ」

と私が言うと、

「シャレでやるんだから、そんなことどうでもいい」

とのことで、私が「銀巴里」に話をし、出演することになった。

「銀巴里」にもオーディションがあるのだけれど、永さんは歌手でもないのにオーディションも受けないで、歓迎されて出演者になったのだ。永さんと私はよくいっしょに出る。永さんは新人だから前座である。私が二番め。ところが永さんは必ず私をひっぱり出して、「これから六輔・レミの漫才をやります」

と言う。今まで私は歌だけ歌ってひっこめばよかったのに、永さんと出るようになってから漫才もやらなければならなくなってしまった。

普段の日の「銀巴里」は四人の歌手が二曲ずつ歌い、六回ステージをする。ところが永さんが出る日は漫才が長くかかるものだから、三人で三回ステージをやっておしまいになってしまう。その代わり、とてもたくさん人が入るのだ。永さんの人気はたいしたものだと思う。永さんは歌手として「銀巴里」に出ているのだけれど、お客さんの方は永さんを歌手と認めているのか、漫才の方を目的で来るのか、今のところまだわからない。永さんは突然「ボッカチオ」を朗々と歌ったりするからおどろいてしまう。

でも永さんはとても楽しそうだ。一畳ぐらいしかない控え室で、三人並んで、ちゃんと出番を待っている。歌を歌うということは誰にとっても楽しいものなのだなあ、と思う。帰りに食事をするとギャラはすっとんでしまうけれど、永さんは「歌って食ってる」という実感が湧いてきてとてもいいんだ、と言う。

永さんは物知りだから、漫才をやってる間にもいろんなことを教えてくれる。でも歌手としては私の方が先輩だから、「銀巴里」に出ているときだけは、私は大きな顔ができると思っていた。ところが、私はレコードはシングル盤しか出てないのに、永さんは新人のくせにもうＬＰがあるのだ。結局、私はあまり大きな顔はできないのである。

英語についてのマジメな話

いま私は猫を飼っていて、名前は和田桃代というのですが、しばらく一緒に生活してみて、ある日ふと気がつくと、この桃代とまったく同じ生活態度をしていた。食べて、トイレに行って、グウグウいっぱい寝て、日なたぼっこするのが好きで、こたつが好きで、これではあんまり猫とおんなじだ。

せっかく立派な人間の脳味噌がくっついてるのだから、利用しないともったいないと思った。それで家の近くの英会話の学校に自転車こいで通うことにした。

学校にはいろいろなコースがあり、私はいちばん初等に入りたかったのだけれど、受付の人は顔で判断するらしくて、いきなり外国人の先生の部屋につれていかれた。

そしたら外国人の先生は突然ペラペラペラと来た。私は何が何だかさっぱりわかんなくて、外国に来ちゃったみたいになってあわててしまった。

そして、

「ノーノー　ジス　イズ　ア　ペン　ジス　イズ　ア　ペンですから」

和田桃代は
こうして上向いてねる

と私はくり返した。これは私はジス　イズ　ア　ペン程度のクラスに入りたいのだと言いたかったのである。

するると先生に通じたらしく、また受付につれていってくれた。そしたら受付の人に、

「高校は出られたんですか」

ときかれて、大学も出てます、と言おうと思ったが恥ずかしくて言えなくなってしまった。そして初心者コースに回してもらった。

初心者コースだってバカにできない。背広着てネクタイした立派なおじさんだって来ているのだ。大学生も来ている。

私は劣等感を持っていたけれど、初心者コースでやっと生きがいを見いだした。というのは、私はとってもダメだと思っていたのに、もっとダメな人がいるからだ。まず生徒が先生に、

「ハウ　ドウ　ユウ　ドウ」

と言い、先生が、

「アイム　ファイン　アンド　ユウ？」

ときく。そしたら、立派な背広の人が、

「ちょっと待ってください」

と言って汗たらして、じっと考えてからついに出た答えが、

「アイ　アム　ア　ペン」

だった。

そんなこんなで、週に二度ずつふた月ほど学校に通ってから、私はサンフランシスコに行くことになった。


たったふた月では英会話はうまくならなかったけれど、何にもしないよりはいいと思った。今回は二度めの外国旅行なのだが、一度めよりは少しはましだった。

最初は買い物するのも「すみません」と日本語でやったが、今度は、

「エクスキューズ　ミイ」と言うことができた。

初めて行ったのは十か月前だった。その頃私はアメリカなんていうものが、もしかしたらないんじゃないか、ひょっとしたらみんながウソついて、作り話をして、地図なんかもデタラメ描いているのかもしれない、と思っていた。自分の目で見ないと何も信用できない。だって空飛ぶ円盤だって、自分で見たことがない人は、そんなものないと言う、それと同じだ。

だから初めてアメリカ行きの飛行機が飛びたったとき、何だかわかんないモヤモヤの中

につっこんで行くみたいで、不安と喜びと好奇心で、ジーンと涙が出てきてしまった。一睡もしないで窓から空ばっかり見ていた。

夜明けになって、ぼうっと明るくなった頃、真っ黒なかたまりが遠くの方に見えてきた。あれがアメリカだ、と思ったとき、きっとコロンブスも私と同じ心境だったに違いない。コロンブスは下からだったけど、私は上からアメリカを発見した。アメリカは本当にあったのだ。

私が小さいときから、父はアメリカを戦争ばかりする悪い国だと言っていた。だから黒いかたまりが見えたとき、悪魔がかたまって近づいてくるように見えた。

飛行機がアメリカの土を踏んだとき、まわりのトラクターを運転している人たちが、みんな外国人なので、私は変な感じがした。この人たちは勉強もしないのに英語がとてもうまいと思うと、うらやましかった。

一回めの旅は夫と二人だった。目的は、夫がフランク・シナトラの大大大ファンで、シナトラがカムバックのショーをラスベガスでやるというので、それを見るためである。でも私にとってはもっともっと大きな収穫があった。おじいさんのお墓を発見したのである。

私の父の父はフランス系アメリカ人で、アメリカで死んだ。そのお墓がサン・マテオにあるということだけを知っていた。私の父はアメリカが嫌いだから、外国人みたいな顔をしてるくせに一度も行ったことがなかった。

とにかくサン・マテオにお墓があるという知識だけを頼りに、自動車で（サンフランシスコに住む夫の友人の運転で）行ってみたのだった。サン・マテオの地図を買って、地図の上でまず墓地を探した。細かくてなかなか見つからなかったが、最初に目に留まった墓地に行ってみようということになり、車を走らせた。

ハイウェイ・パトロールのお巡りさんにきいたりしながら、あちこち走っているうちに、レモンのなっている素敵な家の屋根の向うに、古めかしい塔が見えた。その塔を見たとき、私は全身鳥肌が立って寒気がした。

「きっとテレパシーだ」

ということになってその塔めがけて車を走らせた。そこに墓地があった。

私たちが墓地の入り口の鉄柵に近づくと、向こうから雑草を抱えたおじさんがやって来て、その鉄柵の前で私たちとぶつかった。おじさんは何の用だと聞く。私は、

「五十年ほど前に死んだ私の祖父のお墓を探してるんです」

と言った。おじさんは日本人がそんなこと言うのでびっくりした様子だった。それで、

「名前は」

と聞くから、

「ヘンリイ・P・ブイ」

と答える。そしたらすかさず、

「それならここにある」

と言うのだ。そして案内してくれた。

まあそれが何ということか、私が見てゾーッとした塔が、そのお墓だったのである。それは小型のホワイト・ハウスみたいな立派な建物で、あんまり大きいのでとても一人のお墓とは思えなかった。

おじさんはその墓地の管理人だった。鍵を持ってきてくれて、その建物の鉄の扉をギーッと開けてくれた。そこには立派なひつぎが置かれ、ラテン語が彫られている。そしてこれはアグネスのひつぎだと言う。

よく話を聞くと、アグネスとは祖父の前の奥さんだそうで、私の祖父はその横に埋められていると言う。たしかにコンクリートはちょうどひつぎの形に色が違っているのだ。ところが名前が彫られていない。

私たちが変な顔していたら、管理人はぶ厚いノートを持ってきた。過去帳らしい。そこ

おじいさんのお墓

に祖父の名前がちゃんと記され、そこに埋められていることが記録されていた。

私が夢にまで見たヘンリイ・P・ブイという名前が、目の前にあったのだ。私は感激して、

「おじいさん、孫ですよ。日本から来ましたよ」

と言って、そのコンクリートの上に腹ばいになってしばらくおじいさんをあたためてあげた。おじいさんが死んで五十数年、はじめて来た肉親なのである。私はおじいさんの名前がお墓についていていないのがとても悲しかった。

それでもこれを見つけたのは、まったく奇跡のようだと思う。私たちは墓地だけを探して、お墓の名前をひとつひとつ見て歩こうと思っていたのだ。でも何千何万とあるお墓だから、見つけることはむずかしいだろう。そしたらただ墓地全体の写真だけでも撮って帰ろうと思っていた。お墓と言えば普通十字架一本で、まさかあんな大きな建物だとは思わないし、しかも名前がないのだから、もし、あの管理人のおじさんに出会わなかったら、永久にわからなかったのだ。

帰ってから、この話を父にすると、あんなにアメリカ嫌いだったはずの父がひと声、

「よし、行こう」

と言った。それが私の二度めの旅行になった。父は今までチャンスはいくらでもあった

し、フランス語も英語もできるのに、

「おれは京都が燃えたら行く」

と言って今まで外国に行かないことを誇りにしていた。今度はその父と、母と兄と妹と、平野一家全員プラス私の夫で、お墓参りが目的の旅行になったのである。夫がおじいさんの名前を彫った銅版をデザインして作ったので、それを持っていった。


それからアメリカの親戚が見つかった。一回めの旅から帰ってしばらくたってから、あるアメリカの女の人から手紙をもらった。それはアグネスさんの方の遠い遠い親戚で、ある墓地の管理人の話を聞いてびっくりして手紙をくれたのだ。私が管理人に住所を書いてきたのは何の目的もなかったのに、知らず知らず渡したのが、とてもよかったと思う。そして二度めの旅行では、この人に会うことができたのです。


でもせっかく会ったのに、私の英語では話ができない。

「あなたは顔を見ると英語ができそうなのに、残念ですね」

とそのハワードさんに言われたらしい、というのはそれもよくわからなかったから。

私がつかった英語は、「エクスキューズ　ミイ」のほかに飛行機に乗るとき、

「ウィンドウ　サイド　プリーズ　ウィング　ノー」（窓ぎわで、景色が見えるように翼

のそばじゃないところをくださいと言いたいのがこうなる）

というのと、買い物するときに、

「プリーズ　ダウン　ダウン　ディスカウント　ノー？　オーケー？」

というのだけだった。それでもちっとも困らないから、気軽に考えれば苦労はないし、そうかと思うと深く考えて、これじゃいけないからもっとマジメに勉強しなくちゃと自分にムチ打つこともある。

明日はまた久しぶりに自転車こいで、「アイ　アム　ア　ペン」の英会話の学校に行くことにしよう。

財産についてのマジメな話

大晦日に、「大地震」という映画を見に行った。最初に字幕が出て、「これは画期的な音響で……」と書いてあり、それにナレーションがついて「かっきてきなおんきょう……」と言った。

私はナレーターが間違えたのかと思って隣の席の夫に、

「かっきてきだってさ」

と言った。夫は、

「何がおかしいんだ」

と言う。私は今までずっと「がきてき」と読むのだと思っていたのである。

さあこれはミカにきかなくちゃ、と私は思った。と、いうのは、私の知らないことは妹のミカは絶対に知らないからだ。

今までにもそんなことがあった。たとえば地下鉄に「東京」という駅がくっついていることを、私はつい最近まで知らなかったが、同じようにミカも知らなかった。もちろん「零戦」も「宦官」もそうだった。

お正月に実家で会ったとき、さっそく字を書いてミカに見せ、

「何ていう字だ?」

ときいた。ミカは、

「知ってる知ってる。ちょっと待って。その字はこないだの映画でおぼえたのよ」

と言った。ミカも同じ「大地震」を見たらしい。私の思ったとおりミカもそれまでは「がきてき」だと思っていたのだ。

でも後にも先にも一度だけ私の知らないことをミカが知っていてびっくりしたことがある。それはこの間のアメリカ旅行で、飛行機がテキサスの上を通ったとき、夫とカーボーイの話になった。私は、

「カーボーイって馬に乗って帽子をかぶってるけど、何する人?」

と聞いた。夫は、

「牛を飼ってんの」

と言った。それで私ははっと気がついた。カーボーイと言ってたけれど、本当はカウボーイで、カウとは牛のことなり。それっと、ミカの座席にすっとんで行って、

「カーボーイって何をする人か知ってる?」

ときいたら、

「カウボーイよ」

とミカは言って、

「牛飼ってるのよ。おねえちゃん知らないの？」

と、すごい勢いでバカにされてしまった。

日本に帰ってからみんなにきいたけど、カウボーイのことは中学生でも知っているので、学校で習わないような、こういうことを常識というのかと私は思った。

飛行機から下を見てると、アメリカという国は本当に広かった。たまに人間が住んでる町が見えて、あとは原野、原野。こんなに広いのに、よその土地までほしがるのはなぜだろう。


これから、前に書いたおじいさんのお墓の話の続きを書きます。

私の父はフランス系アメリカ人の父と日本人の母の間に生まれたミックスで、小さいときにすごくいじめられたり差別されたりしたし、戦争中はスパイ扱いされた。戦後は戦争の落し子たちの面倒をみて過ごした。その全部の原因をつくったのが父の父であるヘンリイ・P・ブイおじいさんなのですが、アメリカ嫌いだった父も、七十四歳にして初めてお墓参りのためにアメリカの土を踏んだのだった。

お墓にはお線香を持っていった。サンフランシスコから花を買っていった。墓地が近づくと、父は黙ってベレーを取った。劇的な瞬間だもん。私は父のことをじっと見ていたのです。

お墓では、前に案内してくれた管理人のおじさんが出迎えてくれたし、遠い親戚の外国人のおばあさんも七十二歳でクルマを運転して来てくれた。

アメリカのお墓なのに、日本の線香をたいた。うちの母はこのときとばかり、昔から大好きな般若心経を、線香の煙のもうもうとする中で、カンジザイボサツシキソクゼクウなんてあげはじめた。管理人のおじさんはおったまげた顔で見ていた。

お墓の写真をたくさん撮った。父は「お化けを守る会」をやっていて、心霊写真が大好きだから、私はこの写真におじいさんが写るんじゃないかと思った。帰って現像したら、なんにも写っていなかった。

そのお墓には、おじいさんのほかに、おじいさんの先妻のアグネスさんと、アグネスさんのお父さんと妹が埋葬されている。遠い親戚のおばあさんというのは、アグネスさんの前夫との間の子どものお嫁さんだから、うちとは血のつながりはないのだけれど、私たちにとても親切にしてくれた。そして家に招待してくれた。

そのハワードさんの家はヒルズボローという所にある高級住宅地で、ビング・クロスビィの家が近くにあるという。

ハワードさんの家はおばあさんのひとり住まいで、こぢんまりしているけれど、たいへん立派なものだった。どの家具ひとつとっても、もしアンティークの店で買ったら何百万円もするようなもので、それもアンティークの店で買ったものではなく、代々受けつがれて持っているのだ。

ということは、ハワード家は代々の大金持ちであり、アグネスさんもそうだったらしい。そして私のおじいさんも、家系はスコットランドの貴族の出、アメリカでも広大な土地を持っていたのだという。だからアグネスさんとブイおじいさんの結びつきは、今でも記録として残っていて、お墓の管理人のおじさんが図書館でコピーして送ってくれていた。

家はこぢんまり（といっても、日本の常識から言えば大きいのだが）しているけれど、庭は先が見えないくらい大きくて、りすやラクーンが遊びに来るという。

そのときは昼間だったが、ハワードさんは晩餐のメニューで歓迎してくれた。料理を作るために日本人の女の人が呼ばれていた。この人はずっとアメリカに住んでいるのでもう日本語はあまりうまくなくなっている。パーティがあると料理を作るために呼ばれるのだそうだ。そして黒いスーツに真っ白なフリルのついたエプロンをして料理を運んでくる。これは正式な晩餐のときに着るスタイルだと教えてくれた。

ところがお皿はふちが少し欠けていた。正式な晩餐にしては、おっかけ茶碗を出すなんて変な家だなあと私は思った。

父はハワードさんと英語で話していたが、私はわからないので、この日本の人に話をきいていた。そしたら今日出した食器は百年前のもので、いちばん大事なお客さんだけに出すのだという。それで欠けたお皿のことがわかり、私は感激してしまった。


次にハワードおばあさんの案内で、おじいさんが住んでいた屋敷を見に行った。ここは今はフィリピンの人が買いとって住んでいるのだが、ハワードさんが、この人に話をつけておいてくれたのだ。

このフィリピンの人は、私の家とは関係のない人だが、やはり私たちをとても歓待してくれて、家中を案内して見せてくれた。

父は玄関を見たとき、

「あ、これだこれだ、写真でしか見たことがなかったけど、そのまんまだ」

と言っていた。

おじいさんの若かった頃（写真みてかいたの）

中に入ってテラスから煉瓦の階段を下りて中庭に出ると、父は真っ赤な顔して興奮して、

「おれが五十年間いつも夢に見てたのはこの家だったんだよ！」

と何度も何度も言った。夢の中にいるようだ、とも言った。父が二十歳のときアメリカに帰ってそのまま死んだおじいさん（当時アメリカでは排日運動がさかんだった。親日家で日米協会の初代会長のおじいさんは排日反対の演説をカーネギーホールでしている最中に倒れて死んだ）の家に、今、立っているのだから、父の気持ちはどんなだったろう。そんなわけでこの旅行は私の一家にとって「かっきてき」だったのです。

この家に立っていると、父が小さい頃、おじいさんが話してくれたことがどんどん思い出されてくる、と言っていた。

このフィリピンの人に話をきくと、この人は、前マニラ市長で、フィリピンの副大統領でもあった人だった。この人は、この屋敷の落成式の写真をたくさん持っていて、その写真には、もちろん私のおじいさんがいっぱい写っている。この人はおじいさんとは関係ないのだが、屋敷を手に入れたときに、この家に関係ある資料を調べて、博物館で写真をコピーしてもらったらしい。私はその写真がほしかったので、

「プリーズ　コピー　プリーズ　コピー」

と言ったけれど、どうも通じなかったようだ。

それからこの人に、

「あなたの前は、この家は誰が持っていたのですか」

と聞いたら、

「ロスチャイルド」

とさりげなく言う。一同、

「おおっ」

と言ったけど、私とミカはロスチャイルドなんて名前は初めて聞いたので、そのときは何も感じなかった。でも日本に帰ってこの話をして、ロスチャイルドの名前を出すとやっぱり一同、

「おお！」

と言う。私はロスチャイルドがどのくらい金持ちか知らないけれど、みんなが、「おお」と言うのだからよっぽど金持ちなのだろう。そのロスチャイルドが住んだ家に、最初に住んだのが私のおじいさんなのだから、おじいさんはやっぱり父の言うとおりの金持ちだったみたいだ。

父は私に、おじいさんはストラディバリウスを目覚ましがわりに弾いてくれたとか、そ

の楽器でパデレフスキーやサンサーンスと共演したとか、ハイフェッツにその楽器を貸したことがあるとか、コックを世界中に連れて歩いておいしいものを覚えさせて、そのコックを横浜の自分のうちにおいていたとか、狩野探幽の絵やら、ベートーベンが書いた原譜を持っていたとか、そんな話をよくしてくれたが、私は、「またお父ちゃんデタラメ言って」といつも思っていたのだ。それがこの屋敷を見たら、なるほどとわかったのだった。

でも父の代になったら、この財産は何も受けつがれていない。おじいさんがアメリカで死んだきり、父が向こうへ行かないものだから、長男なのに何も相続しなかった。日本にあった財産も、父が若いころ詩ばっかり書いていて全部売っぱらっちゃった。

父はまったく欲というものがなく、金持ちは大嫌いだ、と昔から言う。

サン・マテオに立派な日本庭園がある。それはブイおじいさんが日本から庭師を連れて行ってつくったものだ。これは今、サン・マテオの市のものになっていて、入園料をとって見せているのだ。今度の旅でそこへ行ったときは、時間がちょっと遅くて見られなかった。私は父に、

「管理人に、これをつくった人の息子だから見せてくださいと頼めばいい」

と言ったが、父は、

ふけた頃のおじいさん

「いいよいいよ面倒くさい」

と、塀のふし穴から滝の流れる庭園をのぞいて、

「ふーん」

と言っていた。私はその後ろ姿を見て、わびしくなってしまった。

おじいさんの財産の一部が、今でもアメリカには目の前にある。それがどうにもならな
いから私は口惜しくてじれったくてしょうがない。世が世なら私は大令嬢だったのに。父
にそんな話をすると、父は、

「もういいよ、そんなこと。今が幸せならいいじゃないか。お前は欲ばりだ」

と言う。でも日本庭園だけでもサン・マテオの市と交渉すれば何とかなるんじゃないか、
と言ったりするのだが、父は、

「考えただけでもくたびれちゃう」

と言うのだ。

夫も、

「そんな大令嬢じゃ近づけない」

と言うから、やっぱり今の私でよかったのかなあ。

猫についてのマジメな話

猫は昔からオッカナイと言われてるし、化けて出るとも言われて、怪談につかわれちゃうけれども、猫は陰気じゃなくて、本当はこんなに陽気なものはないと思う。

今うちにいる桃代は私と同じで、虎屋の羊羹と榮太樓の飴が好き。輪ゴムをくわえるのも大好き。

テレビは「セサミストリート」を熱心に見る。タバコの空き箱を丸めたものや、キャンデーをほうってやると、走っていってくわえてぱらんぱらんとすっとんで帰ってくる。そしてまたやってくれと、私の前にそれを置く。また投げてやるとまた持ってくる。何回でも何回でもやる。お客さんが来ると、うちでは歓迎のしるしとして、桃代の「キャンデーくわえて駆けもどりショー」を見せる。

私が出かけようとすると、

「行かないでちょうだい」

という悲しい顔で鳴く。それをふり切って私が表に出ると、今までドアのところで鳴いていたのに、いつのまにかベランダに回って（私の家は三階にある）ベランダの囲いのすきまから顔を出して、道を歩いている私に向かってギャオギャオと鳴く。こうなると私と桃代は切っても切れない関係になってしまう。

それに、ベランダのその場所から通りが見えることを、私は結婚して（つまり、この家に引っ越して来て）から半年めに知ったのだが、桃代はうちに来てすぐに発見した。だから桃代は私よりずっと頭がいいのだ。もしかすると、もっともっといろんなことを考えているのかもしれない。いろんなことを考えているのだが桃代は指をうまく使えないから実行に移せない。だから口惜しがっているのに、口がきけないからそれを言うこともできないのかもしれない。

そう思うと、桃代がいじらしくて、気の毒で、そのうえ猫背だし毛だらけだし、不憫な子を一人抱えているような気がする。

だからこの頃は、夫のことを「お父さん」と呼ぶようになってしまった。実家から電話がかかってくると、私は桃代に、

「ほら、おじいさんから電話ですよ」

と言ったり、兄が遊びに来ると、

「おじさんにだっこされなさい」となる。

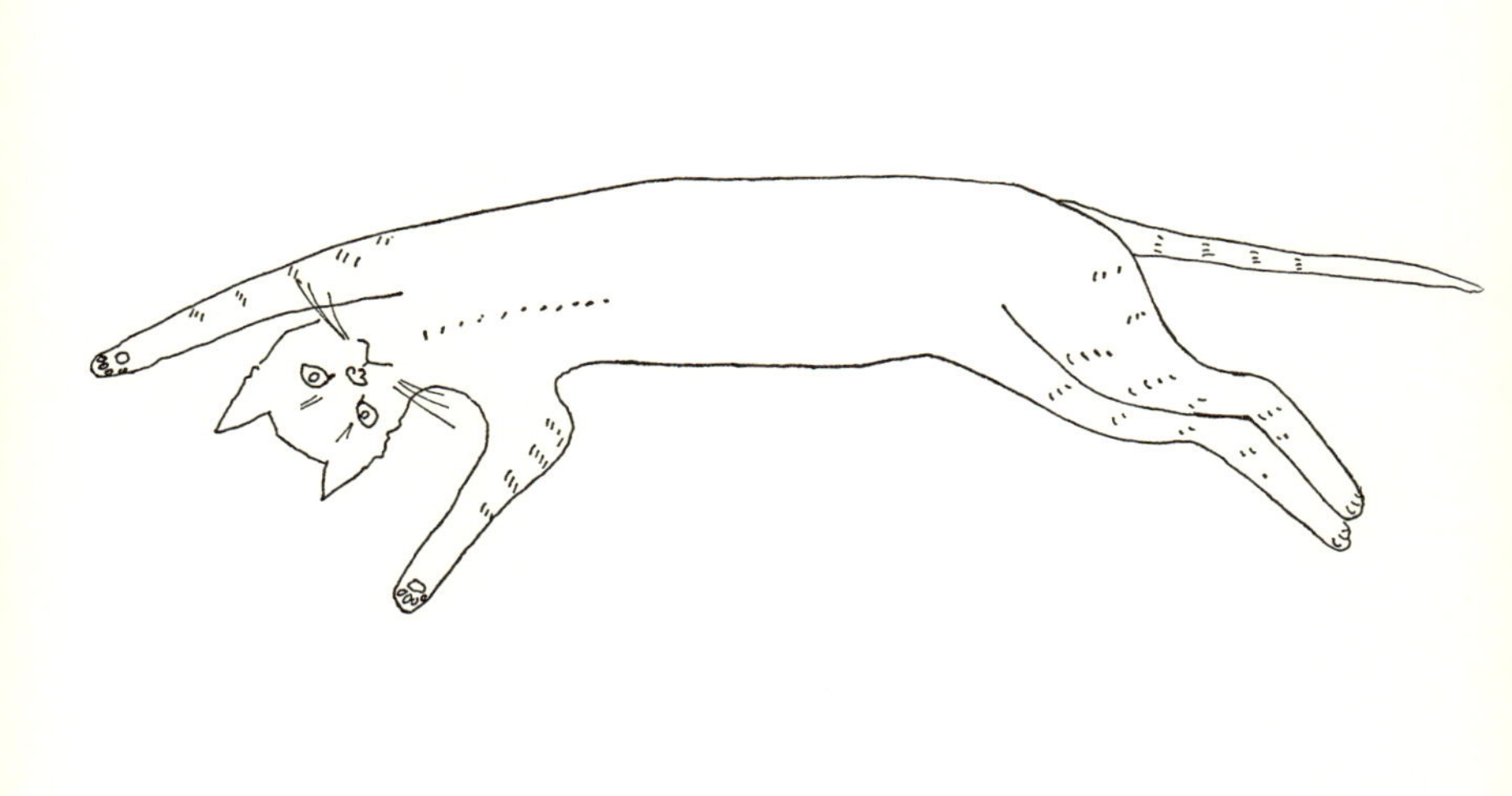

はじめのうち、夫は猫を飼う気がなかった。猫に見向きもしなかったし、関心もなかった。

結婚してまもなく、野良猫が私についてうちに入ってきたことがある。雑巾みたいなぐちょんぐちょんの猫だった。本当は真っ白な猫なのに鼠色になっていた。夫が、「汚い汚い」と言うから、私はシャンプーをつけて洗ってあげた。そしたら真っ白になったけれど、毛がべちょべちょになった。

私が、

「飼いたい飼いたい」

と言っている間、夫は渋い顔をしていた。その猫はしばらくうちにいたけれど、自分から出ていった。そしたら夫は、

「また自分で入ってきたら飼ってもいい」

と言った。でももうその猫は来なかった。

それからずっと後で、仔猫のとりひき場所にうちが使われた。赤塚不二夫さんが仔猫を四匹つれてきて、猫をほしいと言った夫の友人が何人かうちに来たのだ。そのときはまだうちは飼うつもりはなかった。赤塚さんがつれてきたのはアビシニアンと普通の猫のミックス。母親は立派なアビシニアンで、アビシニアンというのはクレオパトラが飼っていた

という。すごく高貴なエジプトの猫だ。

その日うちに来たのはまだ生後二か月ぐらいで可愛いさかり。でもミックスなだけあってどことなく鼻が高くて八等身だった。四匹のうちの一匹が、イラストレーターの山下勇三さんのひざに駆け寄った。勇三さんは、

「これがいじらしい」

と言ってすぐそれにきめた。そんなことをしているうちに、夫が、

「うちも飼おうか」

と言い出した。それが桃代である。

「アパート住まいの分際で猫なんか飼うな」

と言ってたのに、今では私を呼ぶよりよっぽどやさしい声で、

「桃代さん」

と呼んでいる。あれが本当の猫なで声だ。

私は小さいときから、生き物が好きで、切らしたことがない。

犬は「ダン」「ピー」「ピュー」「ピケ」「ドン」「与市」「ドンク」「権兵衛」がいた。

猫は「チー」「玉」「キーシャチカ」「しん子」「甚兵衛」がいた。

だから今では実家の庭を掘り返すと、犬や猫の骨がいっぱい出てくる。それぞれにみんな思い出がある。鶏もいた。鶏にも紐をつけてよく散歩した。紐をつけたのは近所の農家で鶏をいっぱい飼っていて、うちの鶏がそっちにまぎれこんでしまうからだった。

一度鶏がいなくなったので、その農家に行って、

「うちの鶏が来ていませんか」

ときいたら、

「いいえ、来てないよ」

と言う。そこで、

「コーココココ」

と言ったらば、何百羽といる中で一羽だけが、

「コーココココ」

と答えた。見るとそれがうちの鶏だった。鶏だってバカじゃないのだ。

「チー」は番長で、睾丸の大きいやつを二個ぶら下げて堂々とのっしのっしと遠征に出た。帰ってくると耳はちょん切れて顔はキズだらけ。いつもケンカしているからいつもカサブタだらけだった。

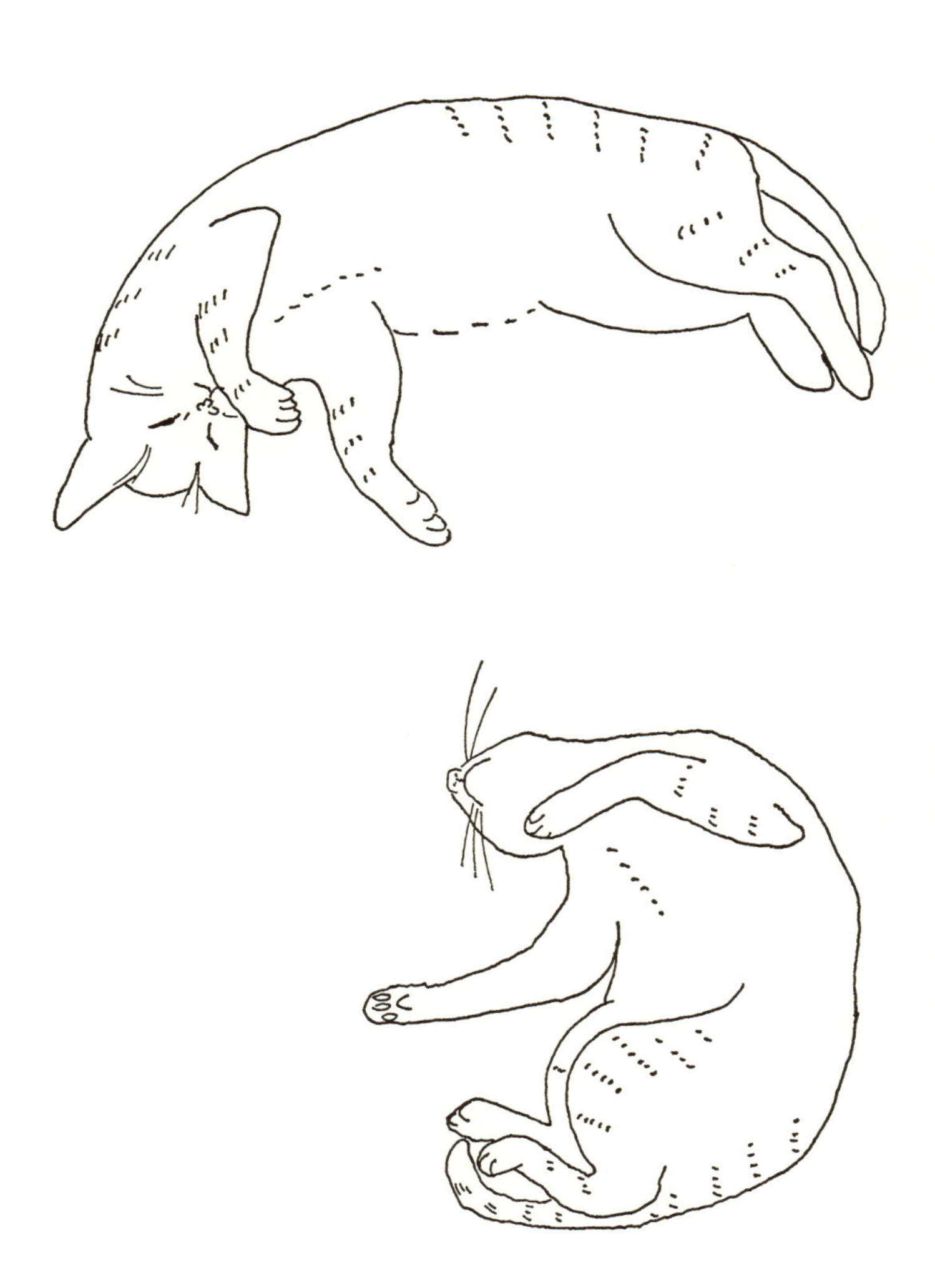

そのカサブタをとるのが私はとても好きだった。そういう番長猫を飼っていると、人間まで優越感あふれて自然に胸張ってしまう。

「玉」はある日いなくなった。何日も帰ってこないので私は田んぼに落っこっちゃったかと思って、泣きながら、

「ターマタマタマ」

と遠くの方まで探して歩いた。でもいないのでがっかりして帰って、うちの近所の焼却炉の中をふとのぞくと、暗やみのゴミの上で玉が死んでいた。

私はお線香と飴とおせんべをあげた。その夜、

「ニャー」

という声がして、いつものように母の寝ている枕もとの窓から猫が入ってきた。それが玉だった。母は死んだはずの猫が出てきたので腰を抜かしてしまった。すごく臭かったそうだ。私は玉が生きていて、あんな嬉しいことはなかった。どうして生き返ったのかとうとうわからなかったけれど、玉はその後何年も生きていた。

玉が子どもを産んだとき、うちにいたお手伝いさんのチョコベエが家出をした。置き手紙があって、

「川合ネコをもって行きます」

と書いてあった。

仔猫を一匹持ってチョコベエはいなくなってしまった。川合ネコとはなんだろうとうち中で考えた。どうやら可愛い猫ということらしい。チョコベエと川合ネコはその後ゆくえがわからない。どうしているのだろう。


「しん子」は本当に「しん子」という顔をしていた。目が細くて一重瞼でつり上がっていて、色白だった。とっても女性的だった。そのしん子が、だんだん歩けなくなってきて、ある日学校から帰ると畳にひっくり返って動けなくなっていた。何の病気かわからなかった。それが何日も続いた。

「ニャーン」と言うとそれは便所か水かご飯で「ニャーン」と言うたんびに私は「ハイ」と返事して、その三つをくり返してさせてあげた。あんまり寝てばっかりいると床ずれができちゃうといけないと思って、私はしん子を仰向けに抱いて屈伸運動をさせていた。そしてしん子のいつもの生活の状態にしてあげようと思って、胴を持って、しん子の目の高さにして歩かせてやった。手も足もでれでれだったが、抱き上げると人間の高さになってしまって猫は嬉しくないと思うから、猫の気持ちで歩いた。毎日そうしてあげた。その甲斐あってか、二か月ぐらいで治っちゃった。

そうしたらしん子は私と一心同体になってしまった。私が買い物に行くとニャンニャン言いながらどこまでもついてくる。人通りが多いところでも、まるで犬みたいについてきた。信号待ちではちゃんと一緒に待っている。とっても可愛かった。

私が夜おそく歌うたって帰ってくると、うちから何百メートルも先なのに、向こうから白いかたまりがニャンニャン言ってすっとんでくる。私は、

「しん子さん」

と言って抱き上げる。うちではこたつの中で寝ていて、まだ両親には私の歌が聞こえないのに、むくっと起きてとび出していくのだそうだ。

そんなふうに猫はとっても可愛い動物です。猫の鼻は濡れてて冷たくて、さわるとふにゃふにゃでとってもさわり甲斐がある。乾いているときは唾をくっつけてやる。

でも猫が嫌いな人もいる。好きずきだからしょうがないけれど、猫を可愛がっている家族の中にやってきて、猫は嫌いだと繰り返して言う人もいて、それはどうかと思う。

仕事で知り合ったディレクターが、お宅はいろんな人が遊びに来て楽しそうだから、行ってもいいですかと言うので、どうぞどうぞと言った。その人は猫が嫌いだった。だけど

うちの桃代は人見知りをしないので、その人のひざの上にいきなり乗ってしまった。そしたらその人は、

「まあ気持ち悪い。何て図々しい猫でしょう。私は猫が嫌いなのに！」

と真剣に言う。こういうときは私はお客様が大事なのか、うちの桃代が大事なのか、わからなくなってしまう。

ところがその人はうちにいるあいだ中、猫は嫌いだとか、この猫は厚かましいとか言いつづけたので、とうとう夫は怒ってしまった。その人が帰ってから、

「二度とあんな人をおれんちへよぶな！」

と怒鳴った。あんなに生き物に無関心な男が、よくぞここまで成長した、と私はほくそ笑んでいる。その代わり、一つ困るのは、私が大事にしている香水を、夫はみんな桃代にくっつけてしまうことだ。

桃代にはボーイフレンドがいて、名前は麴谷周作という。和田桃代というのも立派な名前だけれど、麴谷周作というのはもっともっと立派な名前で偉い人みたい。

麴谷さんは夫の友人で、その奥さんは私に編み物を教えてくれたりする私の友達。そして周作さんは桃代の友達で時々遊びに来るのです。

私は猫は昔飼ってたチーみたいに野性的に育てたかった。近所の猫とケンカして傷だらけで帰ってくる方が猫らしいと思う。桃代も外へ出たがるのだけれど、なにしろ今はアパート住まい。外へ出すと近所の人から苦情が来る。だから桃代はうちの中だけで遊んでいる。東京の猫は本当に気の毒だ。

東京の人は鼻毛がのびるという。排気ガスのせいなんだそうだ。猫も排気ガスのまっただ中にいて、鼻毛がのびるかしら。表面も毛だらけなのに、内面にも毛がはえてきたら、どうなっちゃうんだろう。

うちの猫を「桃代です」と紹介すると、みんな笑う。今は山口百恵が人気あるから、「百恵」だと思う人もいる。それから中年の人で桃代という名前から何かスケべったらしい連想をしちゃうと言う人もいる。

どうして桃代とつけたかと言うと、私は猫はみんな「桃代のしん子ちゃん」という感じがするのだ。「しん子」は一重瞼だけど、うちのは二重だから、やっぱり「桃代」なのです。

お客様についてのマジメな話

夫は友達が大好きで、ご飯のときにすぐ友達を呼ぼうと言う。ご飯が二人分しかないときでもそう言うので、私はどうしようかと思ってカーッとなってしまう。

夫は友達がたくさんいて、結婚したての頃は、テレビで見るような人が遊びにくるので、それがみんな本物だからびっくりしてしまった。サインしてもらおうと思ったけれど、妻がサインしてくれと言っちゃいけないのかと思って、どうしたらいいのかわからなくて、とまどってしまった。

無口でつっけんどんで、ぜんぜん社交的じゃない男なのに、どうして友達があんなにいるのかわからない。

とくに結婚したての頃は、女の人がみんな、和田さんでなくマコちゃんと呼んで、妻の私より親しっぽく話すので、面くらっちゃった。

私は知り合って十日くらいで結婚したので、私よりも夫の友達の方が夫のことをよく知っていたのだ。だから今考えると、まわりの友達から夫のことを知らされることがたくさんあった。夫は自分の仕事のことも何も言わないので、例えば、永六輔さんが、

「マコちゃんのタバコのハイライトのブルーきれいだよね」

と言ったときも、

「え、和田さんが？」

と私。

「タバコのハイライトのパッケージをやったのはマコちゃんだよ」

と教えられてびっくりしたのは結婚してしばらくたってからだった。それで夫に、

「ほんと？」

と聞いたら、

「うん」と言った。

私はびっくりおったまげて即、両親と妹に電話した。今の世の中は自分のことをＰＲする時代なのに私の夫は時代遅れで、いっしょにいるとまどろっこしくなってしまう。テレビ出演は嫌い、写真撮られるのが嫌い、ＣＭは断る。だからヘンクツかと思うとそうでもない。どうしてそうでもないかというと、友達を見ているとわかるのです。

篠山紀信さんはリンリンと電話をかけてきて、

「和田さん、遊んでちょうだい」

と言う。夫は、

「遊んであげるからおいで」

と言った。篠山さんは真冬なのにセーターひとつで、かがむと背中が見えちゃう格好で例のフクフクの頭でやってくる。それでご飯を食べてお酒を飲んで話をしていく。

写真を撮ってくれることになっていたので、有名な写真家だから私はいい格好で、目かいてつけまつげくっつけて口紅つけて撮ってもらおうと思っていたのに、この間来たとき撮ってもらったら、

「そのままそのまま」

と言うので、前かけしめて台所やったまんまのズブズブの格好で撮られてしまった。

篠山さんの奥さんはとっても美人だ。私と同じ四分の一のミックスだそうだけれども、どうしてこうちがうのかしら。お母さんがミックスだと十か月分だけ余計におなかの中に入っているから、よーくあっちの血が混じるのかしら。うちは父がミックスだけど一瞬の間だったからだめなのかなあ。

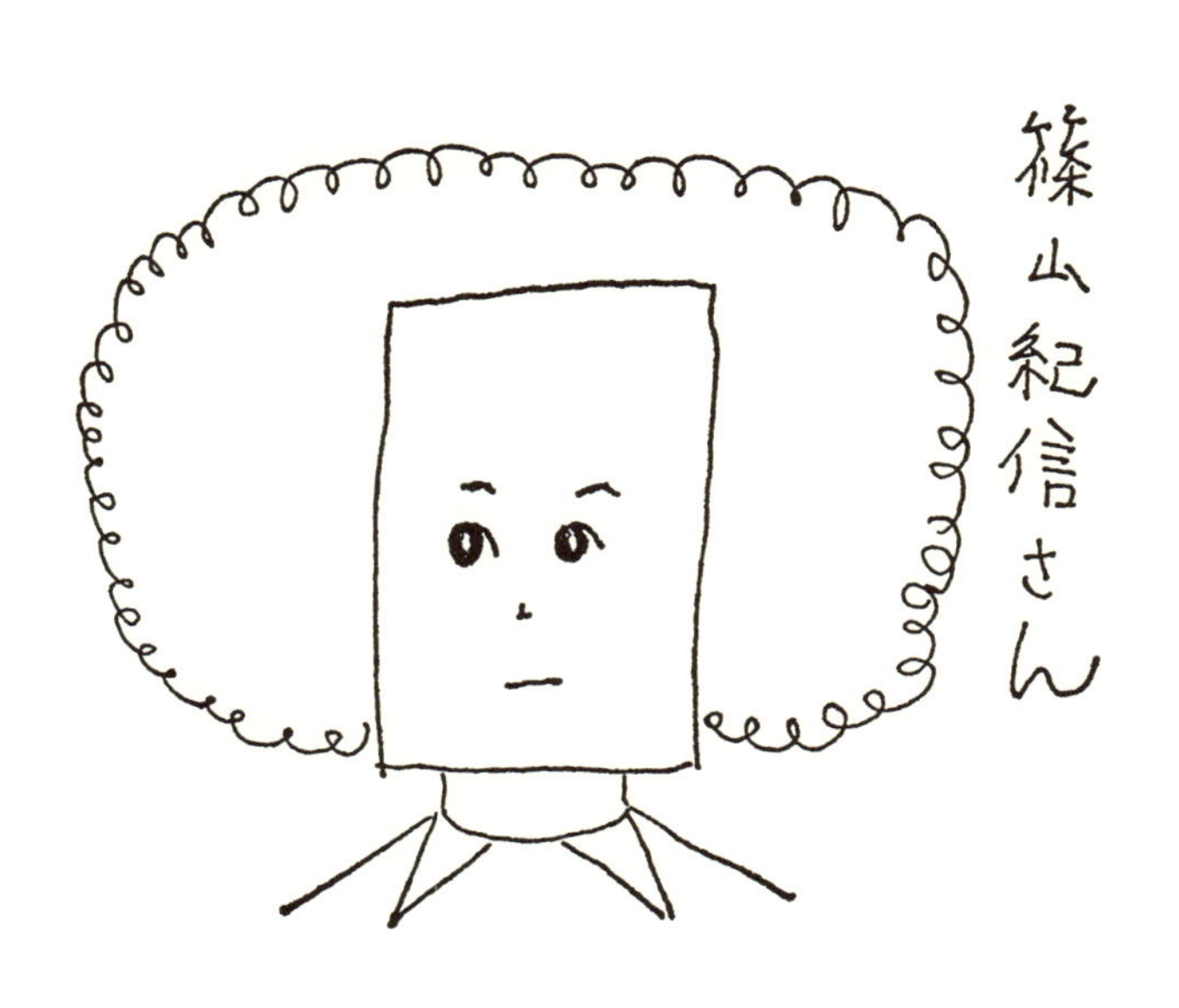
篠山紀信さん

横尾忠則さんも時々遊びにくる。

ぼろぼろのセーターで、下のシャツが見えちゃうのを着てくる。まあずいぶんみすぼらしいと思って遠まわしにきいてみたらば、三十年も前のもので外国のアンティークの店で買った高いものなんだそうだ。

とっても無邪気な人で私がカウボーイを知らなかったと書いたのを読んで、

「ぼくも知らなかった。カーボーイじゃなくてカウボーイなんだってねえ」

と言ってくれた。それに、日暮里という駅の名前を「ひぐれざと」と長い間読んでいたそうで、私は仲間がふえたみたいで、横尾さんのことをとっても大好きになった。

横尾さんは不思議な話が大好きで、この間なんか、明け方明るくなるまで円盤の話をしていた。そういうときは、夫はジャック・ダニエルのウィスキーをやって、横尾さんはずっとぜんざいをやっている。こんな話をしているときは、たいてい円盤は見えるもんだ、と言って、さあこの辺だ、とカーテンをすぱっと開けて空を眺める。そんなこと何度も繰り返して、その日は結局出なかった。

こんなに信じてるのに、宇宙人て意地悪だ。

横尾忠則さん

吉永小百合さんは、ある日、旦那さんの太郎さんが夜遅くなるので、うちでご飯を食べることになった。私ははり切って魚屋さんに鮎を買いに行った。魚屋のおにいさんに、

「今日は吉永小百合が来るんだから、いいところちょうだい」

と言ったら、魚屋のあんちゃん一同はゲラゲラ笑って、

「またおねえさん、冗談がキツイんだから」

と言う。私は一生懸命、

「冗談じゃない、冗談じゃない」

と言ったけど誰も信用してくれなかった。それから私がそこの魚屋さんに行くと、

「ほらまた小百合ちゃんが来た」

と笑う。私が「本当なのよ」と言えば言うほど頭がおかしいんじゃないかと思われちゃいそうなので、ある日とうとう、「本当は来なかったのよ」と言ってしまった。

小百合さんは私が思ってたよりも庶民的な明るい人で、芸能人で有名な人という感じはしなかった。気さくな人で、玄関で靴ぬぎながら、

「いまタクシーで、君、吉永小百合と似てるけど、吉永小百合は君よりひとまわり大きいんだよ、って言われたのよ」

と話した。

永六輔さんは毎週一度ぐらいは来るんだけど、ある夜、永さんの一家四人を招待した。スキヤキをした。うちの電気釜はいちばん小さいもので、六人分のご飯はちょっと足りなくなりそうなので、私は本当はおなかすいていたけれど、

「おなかいっぱいだから」

と言って食べなかった。永さんは食べながら、

「いい嫁だね」

と言ってくれた。実は私のことを見破っていたのだった。というのは、次の日、永さんの奥さんが私に大型の電気釜をプレゼントしてくれたのです。それからというものは、お客さんが多くても私もヒリヒリハラハラしないで、堂々とみんなと一緒にご飯が食べられるようになった。

永さんはお酒は飲まない人だけど、食べ物の安くておいしいところをいっぱい知っている。にんにくの十五年前に漬けたやつを出してくれる店とか、お刺身の入ってるお粥を食べさせてくれるところとか。三島までわざわざおいしい鰻を食べに行ったり、日立までアンコウ鍋を食べに行ったりもする。

白石冬美さん（チャコちゃん）は大の動物好きで、動物の映画があると必ずさそってくれる人。話題も動物の話ばっかりで、アクセサリーも全部猫のデザインになっている。

私たちが旅行するときは、うちの桃代をあずかってくれる。

今、チャコちゃんのうちには犬が二匹いるけれども、その犬にニャーと鳴かせるように訓練中で、その成果をこの間電話で聞いた。

「ニャーと言いなさい」

とチャコちゃんが言うと、

「ウー」

とうなってからすごい可愛いソプラノで、

「ニャー」と言う。何度でもくり返してやっていた。「なせばなる」というコトワザは犬にも通用するらしい。

うちにたくさんの人が集まって、バカ話をしているとき、話題が恋の話になってそれが誰かのことで持ちきりになると、必ずチャコちゃんは、

「私の場合は」

と言う。すると山下勇三さんが、

「チャコに聞いてるんじゃないから黙ってなさい」

と言う。

こう書くと、チャコちゃんがでしゃばりで勇三さんが意地悪みたいだけど、そうではなくて、チャコちゃんの言い方はとても可愛らしく、勇三さんはユーモアがあるので、いつも一同大爆笑になるのです。


中山千夏ちゃんとは一週間も毎日会うことがある。私の夫のイラストの弟子だと言っていて、夫に紙をもらいに来る。その紙でレコードジャケットを作ったりする。そのまんまご飯を食べていくこともある。そして、

「このうちはいいいな、ここの夫になっちゃおうかな」

と言う。

ワイドショーでは自民党の政治家なんかにドキッとするようなことを堂々と言ったりする千夏ちゃんなのに、うちへ来ると私に合わせているせいか、そういうことは何も言わないで普通の女の子という感じ。

編み物を私に懇切ていねいに教えてくれたり、童謡の歌い方を教えてくれたり、私がアタマにくる出来事があったときにピタッと解決してくれる。そんなときは年下のくせして、まるでお姉さんのような感じがする。千夏はほんとに魔ものだ。

旦那さんの佐藤允彦さんは夫の前からの友達で、すごくさわやかな感じで、万年青年みたいで、きっと年とってても同じようだろうと思う。とってもやさしい人で、私が胃が痛くなったときに、うちの夫がやってくれないのに、まあちゃんはよその夫なのに、背中をぎゅっと押してくれた。そうしたらすぐ治った。指圧も上手な人だった。

私は何も知らなかったから、允彦さんがうちへ来てピアノ弾いたとき、おっどろいて、

「まあちゃんてピアノも上手なのね」

と言った。実はまあちゃんはピアノの天才と言われている人だった。

千夏ちゃんは泣き上戸で、うんと酔っぱらうと泣いたりする。メソメソ女らしく泣くとすごく可愛くて、私はシラフなのに私までさそわれて目がしらがあつくなってきちゃう。でも泣くことはめったになくて、たいていは陽気になってものすごくよくしゃべる。次の日に、

「きのうはよくしゃべったね」

と私が言うと、

「そんなこと初めて言われたよ。もうレミの前では飲まない」

と言う。そして私のことを、「人間観察業」だと言う。

佐藤允彦さん

中山千夏ちゃん

私がからかうと、
「どうせ子役あがりだからバカにされるのさ」
と言うのが口ぐせだ。

このほかにも渥美清さんや、黒柳徹子さんや、愛川欽也さんや、八木正生さんや、赤塚不二夫さんや、立木義浩さんや、灘本唯人さんや、いろんなお客さんがあって、みんな面白くていい人ばっかり。

私はどこへも出かけなくても、みんなの話を聞いてるとためになるというか、バカになるというか、なんとなく身になるみたいです。お客さまは神様です。

家庭についてのマジメな話

友達のれい子ちゃんは自動車のセールスをやっていて、車を買いそうな人がいるからいっしょに会わないかと電話をかけてきた。私は彼女にくっついて喫茶店に行った。そこには男の人が二人いて、紹介された。一人は普通の男の人だったが、一人は恰幅のいい素敵な人だった。東大を出た建築家だと教えられた。

話がはずんでから、

「ぼくんちへ来ない?」

と言うのでれい子ちゃんと彼の部屋へ、スリル満点で行った。独身ぶって行った。男くさい部屋だった。彼は本当の独身で、部屋の中はぐちゃぐちゃだった。ガレージには車体の低い外車のスポーツカーがあった。

彼は部屋の照明を暗くして、不思議な前衛音楽を流した。紅茶を飲みながら、

「健康には玄米がいいよ」

と言った。話がはずむうち、彼は、

「踊りに行こう」

と私に言う。れい子ちゃんは独身だから、れい子ちゃんに言えばいいのに、私ばかり誘う。それから、

「ぼくが舞台装置をした音楽会があるから行きましょう」

と、どんどん勝手にスケジュールを決めて行く。

私は独身時代が懐かしくて、ああいいもんだと嬉しくなって、独身気分にひたってしまった。独身時代はよくこういうふうにして、男の人に誘われた。私は意外とモテたのです。

彼は、

「電話番号教えて」

と言ったから、

「そらきた」

と思った。困っちゃったけど電話番号を教えてしまった。そしてれい子ちゃんと一緒にキャアキャア言いながら帰ってきた。私はこの日はじめて男の人が独身ぶる気持ちがよくわかった。女の人だって独身ぶるのはすごくいい気持ちだ。

うちへ帰ってから、夫に今日の出来事をみんな報告した。妻がモテたのだから夫は喜ぶかと思ったら、夫はいやーな顔をして、

「そいつから電話がかかってきたときにおれが出ちゃったら何て言えばいいんだ」

と言った。人生うまくいかないものだ。結局、れい子ちゃんに電話して、私が結婚していることを言ってもらうことにした。半日もないいつかの間の独身気分だった。


結婚前につきあってた男の人がいて、その人は私に外国の毛皮のコートをくれる約束をしていた。毛皮が届かないうちに、私は別の人つまり今の夫と結婚してしまった。結婚して間もなく、彼はコートを持って私が仕事をしていたテレビ局に来た。私は、

「もう結婚しちゃったんだからいらない」

と言ったけれど、彼はコートを道にぽーんとほうって車でピューッと行ってしまった。

それを持って帰っても、私は夫に本当のことを言えなかった。テレビ局の人から買った、とウソをついて、それを着ていた。あのときはつらかった。

しばらくたってから、私がそのコートを着ているとき、友達から、

「いいコートね」

と言われて、つい、

「実はこうこう……」

と言ってしまった。そのときは困ったことに夫がそばにいたのだ。夫が、

「なんでおれにウソをついていた！」

と怒ったから、悪かったなあと思って、

「捨てちゃおうか」と私は言った。

夫が、「捨てろ」と言ったら私は捨てたふりして妹のミカにあげて、時効が来たらまた私が着ようかと思った。ところが夫は、

「そんないいコート捨てるのはもったいないないから着てろよ。おれが買わなくてすむから助かる」

と言った。

結局みんな言っちゃうから、私は夫に何も内緒ごとがない。このコートは今も着ている。

私が何でも言うのに、夫は私に打ちあけ話を何もしない。まだ浮気なんかしていないと思うけれど、もし浮気して帰ってきたときに、私に話してくれるだろうか。

父は昔浮気したときに、母に、

「そんなに怒るなよ」

と言ったものだった。母は、

「馬鹿馬鹿しい」

と言って、よくケンカをしていた。父の浮気は子どもたちもみんな知っていた。

そのうち父はそんなことを内緒にするようになった。私たちがギャアギャアうるさく言うから面倒くさくなったのか、それとも浮気がだんだん本気になったからなのかよくわからない。

父は若い頃から日記を一日も欠かしたことがない。父が朝帰りした次の日は、母はそっと父の日記を見る。そういうときにかぎって日記はフランス語やドイツ語で書いてあるのだった。母は私に、

「今日は学校休んでかまわないわよ」

と言う。私は学校を休むということが世の中でいちばん嬉しかったから、とびはねて喜んで休む。その日私はフランス語とドイツ語の辞書をひっぱる役で、私が単語を見つけ、母が文章にして共同で父の日記を訳すのだ。そのたびに母はカーカーと怒っていた。

ある日、怒った母はとうとう松戸の警察署に電話をした。普通、浮気では警察に電話はしないものだと思うけれど、警察はとりあったのかしら。今ではうちの家族の笑い話になっている。

私も夫のことで警察に電話したことがある。その日は夫は井上ひさしさんのお芝居を見に行った。九時ごろ帰ってめし食うから、と言って出かけたのに十二時になっても帰って

こない。私の場合は浮気じゃなくて死んだと思った。それで渋谷の警察に電話した。交通係を呼び出した。私は夫は自動車事故で死んだと決めつけてしまった。倒れている姿も目に見えてかわいそうでかわいそうでたまんなかった。生命保険に入ってるけど、保険金とってのうのうと生きようという気はなかった。

交通係に夫の身長と着ているものと人相を言って、こんな人が事故にあってないですか、とこわくて震えながらきいた。警察の人は、

「ちょっと待ってください」

と言って、事故死係に問い合わせている声が聞こえる。その間三分ぐらい。私はからだ全体でドキッドキッとして力が全部抜けて受話器を持っているのがやっとだった。答えは、

「今日は死んでませんよ〜」

ということで、私は電話にふかぶかとおじぎした。

それでもまだ私は心配だった。というのは、その前の日に灘本唯人さんが、

「ぼくの知人でとっても幸せそうに見える家庭の旦那さんがある日いなくなって、しばらくたったら山の中で首を吊ってた。だからレミちゃん、人の心っていうのはわからないもんだよ」

という話をしてくれたからで、今度はもう絶対山の中で死んでると思って、首吊りして

いる夫の姿が目に浮かんでかわいそうでかわいそうでたまんなかった。なぜひと言私に言ってくれなかったんだろう。

もうだめだ、実家にひき上げよう、私は夫の分身の猫を一生可愛がろう、と決心して、桃代を抱いてタクシーに乗って、孤独に松戸へ向かった。私が悩んで涙ぐんでタクシーに乗っているのに、桃代はギャーギャーものすごい殺されるような声で鳴いて、オシッコとウンコをしてタクシーの運転手に叱られた。

私が実家に帰ると、母は、

「たった今、和田さんから電話があったから、すぐ帰りなさい」

と言う。私はそのタクシーにまた乗ってウンコまみれで家に帰った。

今度は怒りがこみ上げてきて、憎らしくて憎らしくてたまんなかった。こんなに心配してるのに何てことだろう。帰ったら夫はお酒飲んで真っ赤な顔してゲラゲラ笑っている。夫はお芝居で隣の席に座っていた城悠輔さんと劇場の帰りに飲んできたのだった。

「たった三、四時間遅くなったからって、何だってそんな大騒ぎするんだ」

と言う。夫は今まで約束を破ったことはないし、時間にきちんとした人だったから心配するのは当り前だ。はじめっからだらしないでれでれの人だったら心配なんかしないのだ。

次の日、夫は私の実家に、

「ご心配かけまして」

と電話したら、父に、

「君は女房のしつけが悪い。亭主の帰りが遅くなったからって、いちいち夜中に猫つれてやってこられちゃめんどくさくてかなわない」

と叱られたそうだ。

この出来事を永六輔さんに話したら、

「レミちゃんは変わってるねえ。普通は死んだなんて思わないもんだ。たいていの女房は夫が遅いと浮気の方を心配するのに、レミちゃんはいきなり死んだことを想像しちゃうの?」

と言われた。

あの日、松戸へ往復のタクシー代が一万円もかかった。

「一万円損しちゃった」

と永さんに言うと、永さんはその次に城悠輔さんに会ったときその話をしたのだそうで、城さんから電話があって、

「一万円弁償します」

と言われてしまった。でもその後、城さんにお会いしていないので、弁償の件はそのま

まになっている。

私も夫に黙って出かけたことがあって、それは白石冬美さんとアラン・ドロンの映画の試写会に行ったのですが、ご飯を食べて帰ったので夕方から深夜まで家をあけた。

夫が心配してると思って、私がいないと何にもできないで私の存在が大事だとわかってくれるかと思って、とても新鮮で、外国映画のシーンを思い出しながら、きっと今日はこうなるだろう、うちへ帰ると、

「おお！　レミ！」

と言って私に抱きついてくるだろうと想像した。うちに帰ると友達がいっぱいいて、夫はお酒飲んで真っ赤な顔してゲラゲラ笑っている。思ったこととはぜんぜん違っていて、心配した様子もない。

よくきいてみたら、その夜はハザマビルの爆破事件があって、うちのすぐ近所だから、野次馬で見に行ったのだろうとすごく軽く考えていたらしい。

それでも口では、

「心配したんだぞ」

と言う。野次馬で行ってたら機動隊にゲリラと間違えられてつれてかれちゃったんじゃ

ないかと思った、なんて言う。夫は私を死んだとは思ってくれなかった。浮気だとも思ってくれなかった。せっかく新鮮だと思ってたのに何のスリルもなかった。

私の場合は夫が一度死んで生き返ったときに、憎らしかったけれど本当に嬉しかった。結婚したのと生き返ったのとで二重の喜びで感無量だったのに、夫の方は普段とあまり変わらない。

私は両親に電話をしてベルが鳴りっぱなしで出ないと、両親は強盗に殺されちゃったのかと思う。殺されてる姿もすぐ想像できるのでかわいそうでかわいそうでたまんなくなる。だから生きてることがわかったときの喜びは、それはそれは何とも言えない。私のような心配性は喜びを何度も知るから結局トクなのです。

今夜は夫は深夜興行の五本立ての映画を見に行った。山下勇三さんと中山千夏ちゃんがさそいにきた。

私はつきあいきれないので留守番してこの原稿を書いている。帰りは明け方になることがわかっているから、今夜は心配しないで寝ましょう。

第３章

ド・レミの子守歌

大好きな父と母と一緒に写ってる私はいつも笑顔。また会いたいなあ。

文化出版局から出ている『すてきなおかあさん』というお母さんのための雑誌に1975年9月号から1976年4月号まで連載したものです。8回の連載のうち6回めまで、私はまだお母さんではなく、本当にお母さんになれるかどうか心配していたのです。日記も家計簿もつけたことがない私にとっては、この連載は自分にとっての思い出深い記録になりました。

げんこつ山のたぬきさん

私は二年半前に結婚した、まあまあ新品の主婦。結婚する前はラジオの仕事をしたり、シャンソンを歌ったりしていた。

仕事は、めちゃくちゃ楽しくて、どういうふうに楽しいかというと、好きなことを何でもかんでもおかまいなしにしゃべって、それでもお金をもらえたから、これでお金もらえるなんて世の中まちがってるんじゃないかしらと思ったほどだった。

放送コードにひっかかるようなことも言っちゃって、ディレクターははらはらしていたらしいけれど、私はコードのことなんか考えもしなかった。私がやってたラジオの仕事は、放送の始まるぎりぎりの時間に行って、打ち合わせもなしでいきなりしゃべっちゃうから、時間も楽だった。

ラジオに比べると、テレビの仕事は五倍も時間がかかる。本番と同じことを何度も何度もやらされる。誰かがダジャレを言って、それを私が「ああおもしろい」とアハハと笑うようなやつも、何度もやるから、もうシラケちゃって、ＯＫが出たときにはおもしろくもおかくしもなくなっているのだ。

そんなふうだから、テレビの仕事はあんまり好きじゃないし、それにメーキャップとか髪の毛いじくったりするのも時間がかかってめんどくさいから、私はラジオの仕事のほうが好きだった。仕事というよりは遊びのつもりでやっていたみたい。

仕事をやりながら、ボーイフレンドもいっぱいいたし、結婚しそうになったこともちょっとあるけれど、なんとなく結婚とは違うなあという感じがして、結婚のことを考えると先が真っ暗になってしまう。私は一生結婚できないタチだと思っていた。

そんなときに今の夫が現れて、インスピレーションというのでしょうか、ほいと結婚してしまった。

仕事も楽しいけど、結婚のほうがもっと楽しいような気がしたのだ。二年半たった今、そのころよりももっと楽しくなっている。だから私のインスピレーションはまちがいじゃなかった。

結婚というものは、つくづく不思議なもので、それまで他人だった二人が急に一つの家に住んで、平気で一緒に寝てしまう。もしかしたら夜中に殺されちゃうかもしれないのに、今まで殺されないで、目を覚ますと、ちゃんと私は生きている。結婚というのは信頼のかたまりだと、ひしひし思う。

結婚したので、私は空気のいい緑がいっぱいの千葉県から、東京のど真ん中の青山に来た。ここでまず驚いたのは、朝起きて三面鏡の前のほこりをふいたらば、どす黒い油煙みたいなほこりがタオルにくっついてきたことで、こりゃ大変、肺の中が真っ黒になってすぐ死んじゃうと思った。

その代わり、ここはとても便利なところで、買いたいものは五分以内に買えるし、どこに行くにも交通は楽だし、おいしいパン屋さんもいっぱいある。だけど値段は高い。

私はパンが大好きで、毎日パン食でもかまわないのに、夫はパンのことを代用食と呼んで、パンを食うと胸につかえるといってけぎらいするのだ。戦争中に育った人はお米以外は代用食といったらしいから、夫も戦争の落し子の一人なのだ。

夫は私が作る料理を何でもおいしいおいしいと食べるのだけれど、

「混ぜご飯と白いご飯とどっちがいい?」

ときくと、絶対、

「白いご飯」

と答える。

これも戦争のなごりらしい。戦争中の混ぜご飯と今の混ぜご飯はまるで中身が違うのに、それを知ってるはずなのに、戦争の傷跡というのはこんなにも深く残るものなのかしら。

私は料理を作るのがとっても大好きで、人が食べて、「おいしい」と言ってくれるのが、いちばんの快楽。自分でデタラメに作って、それがおいしくできたときは最高にうれしくて最高に自信にあふれちゃうけれども、デタラメに作ったので、やり方の順序や材料や調味料の分量を忘れてしまって、一回こっきりしかできない。でもそれがほんとうの芸術なのかもしれないと、ひそかにほくそえんじゃうこともある。

料理屋さんに行ったときに、おいしいものが出ると、

「どうやって作るんですか」

ときいても、たいていはウフフと笑ってはっきり教えてくれない。

そういうとき、よーしと思って自分で考えてやってみる。同じようにできるとざまあみろと思う。いちばんざまあみろだったのは、中国料理の「おこげ料理」で、これはご飯のおこげを油でからからに揚げたところに、豚肉やあわびなど十種類くらいの具を、鶏ガラのスープで煮て、かたくり粉でどろどろにしたのを、ジャッとかける。これはまったく料理屋さんよりうまくいって、エヘヘへとなった。夫も喜んで友達をよんで、ごちそう大会をする。

夫はいつもご飯どきになると、誰かをよぼうと言いだすので、私は困ってしまう。急に

言われたって、材料が人数分ないし、用意も簡単にはできない。男って、そういうことがなかなかわからないものらしい。

わからないといえば、うちの夫は私が新しい洋服を着ていても全然気がつかない。前から持ってたものを着ているときとおんなじ目で見る。パーマ屋さんに行ってきれいにセットしてきた日も、私はロングヘアだけどショートカットのかつらをかぶっていても、わからない。あんまり気がつかないから私のほうから、

「何か変わっているでしょ、気がつかない？」

ときくと、

「ん？」

と言って私をしげしげと見てから、

「どこが？」

と言うので、まったくいやになってしまう。

夫はおしゃれに関心がなくて、新しい洋服を買おうとしない。私ばっかり買うのは気がひけるから、夫の分も買おうと言うと、必ず、「いらない」と言う。

そんなら私と一緒に歩くときくらい、せめてズボンの裾を普通にして歩いてくればい

いのに、お天気のいい日でも裾をまくって、

「このほうが歩きやすい」

と言うのだ。

私たちの住んでいる青山近辺はおしゃれな人がいっぱい歩いていて、男でもヒールの高いのをズボンで隠してズルして足を長く見せているのに、わざわざ裾をまくることはないと私は思う。

夫は自分で買い物に行くのをめんどくさがるので、私がジーパンなんかかっこいい長さにしてもらって買ってくる。そうすると夫は、裾を靴のかかとで踏んづけちゃって転びそうになる、と文句ばっかり言って、まくってしまうのである。


そんなこんなで、家の中の用事がごちゃごちゃとあって、結婚してからはラジオのレギュラーもやめて仕事の量はうんと減らして、時々しかやっていない。続いている仕事はシャンソンを歌うことで、私はこれが本職だと思っている。でもラジオでバカでっかい声出しているのばかり人に知られちゃったので、

「レミちゃんは歌も歌えるの？」

と驚く人もいるのだが、ほんとうは私はシャンソン歌手なのだ。

郵便はがき

おそれいりますが
切手を
お貼りください

141-8210

東京都品川区西五反田3−5−8
株式会社ポプラ社
一般書編集部　行

お名前	フリガナ	
ご住所	〒　　-	
E-mail	@	
電話番号		
ご記入日	西暦　　　年　　月　　日	

上記の住所・メールアドレスにポプラ社からの案内の送付は必要ありません。□

※ご記入いただいた個人情報は、刊行物、イベントなどのご案内のほか、お客さまサービスの向上やマーケティングのために個人を特定しない統計情報の形で利用させていただきます。

※ポプラ社の個人情報の取扱いについては、ポプラ社ホームページ（www.poplar.co.jp）内プライバシーポリシーをご確認ください。

ご購入作品名

■この本をどこでお知りになりましたか？

□書店（書店名　　　　　　　　　　　　　　　　　　　　　　）

□新聞広告　□ネット広告　□その他（　　　　　　　　　　　　）

■年齢　　歳

■性別　　男・女

■ご職業

□学生（大・高・中・小・その他）　□会社員　□公務員

□教員　□会社経営　□自営業　□主婦

□その他（　　　　　　　　　　）

ご意見、ご感想などありましたらぜひお聞かせください。

ご感想を広告等、書籍のPRに使わせていただいてもよろしいですか？

□実名で可　□匿名で可　□不可

一般書共通

ご協力ありがとうございました。

今は仕事の量を減らして、結婚してもシャンソンだけは同じペースで、月に数回、銀座のシャンソン喫茶「銀巴里」で歌っている。

私はレコード歌手としては、シングル盤を四枚出した。ほんとうは私はレコードを出すのなら「枯葉」とか「愛の讃歌」みたいな、古いシャンソンで私の大好きな曲を吹き込みたかったのに、シャンソンじゃ売れないからといって四枚とも流行歌で、それも流行しない流行歌だったので、私は流行しない流行歌手だった。

吹き込んだのは、最初が「誘惑のバイヨン」で、これは結構売れて公称十万枚。ほんとうは三万枚ほどらしい。これが私のいちばん売れたレコードで、次に出したのが「恋は気まぐれ」、その次が「明日の旅」、最後が「カモネギ音頭」。私はシャンソン歌手のつもりだったのに、「カモネギ音頭」はものすごく下品で、

あたしゃトウチャンが待ってるの
じゃんじゃん飲ませろ
酔わせて放りだせ
カモネギ音頭でガバチョのパッ

という歌詞だから、「枯葉」とはあまりにも違うので、現実はきびしいと思った。

「カモネギ音頭」は競作ということになり、どこかの会社のもう一人の歌手も吹き込んで同時発売になった。

そのころ、業界新聞で「カモネギ音頭の対決」という企画で、その二人が対談することになった。私はマネージャーもなく、プロダクションにも所属していなかったから、一人でその場所に行った。相手の女性は付き人やらマネージャーやら大勢くっついて、スターという感じで、鼻息荒く、闘志満々でやってきた。

私は競争心がまるでなくて、

「どうぞがんばってやってください」

と相手を応援してしまったので対談はおもしろくなくなり、新聞社の人は、

「もっとケンカ腰で対決してくれ」

と言った。でも、なにしろ大がかりなキャンペーンまでする熱心さだったのに、私は最初からのっていなかったので、シラケた対談で終わってしまった。

私がラジオのレギュラーをやめたので、私のレコードがラジオでかかることもなくなり、それではレコードが売れないので吹き込みの仕事もそれっきりになっていた。

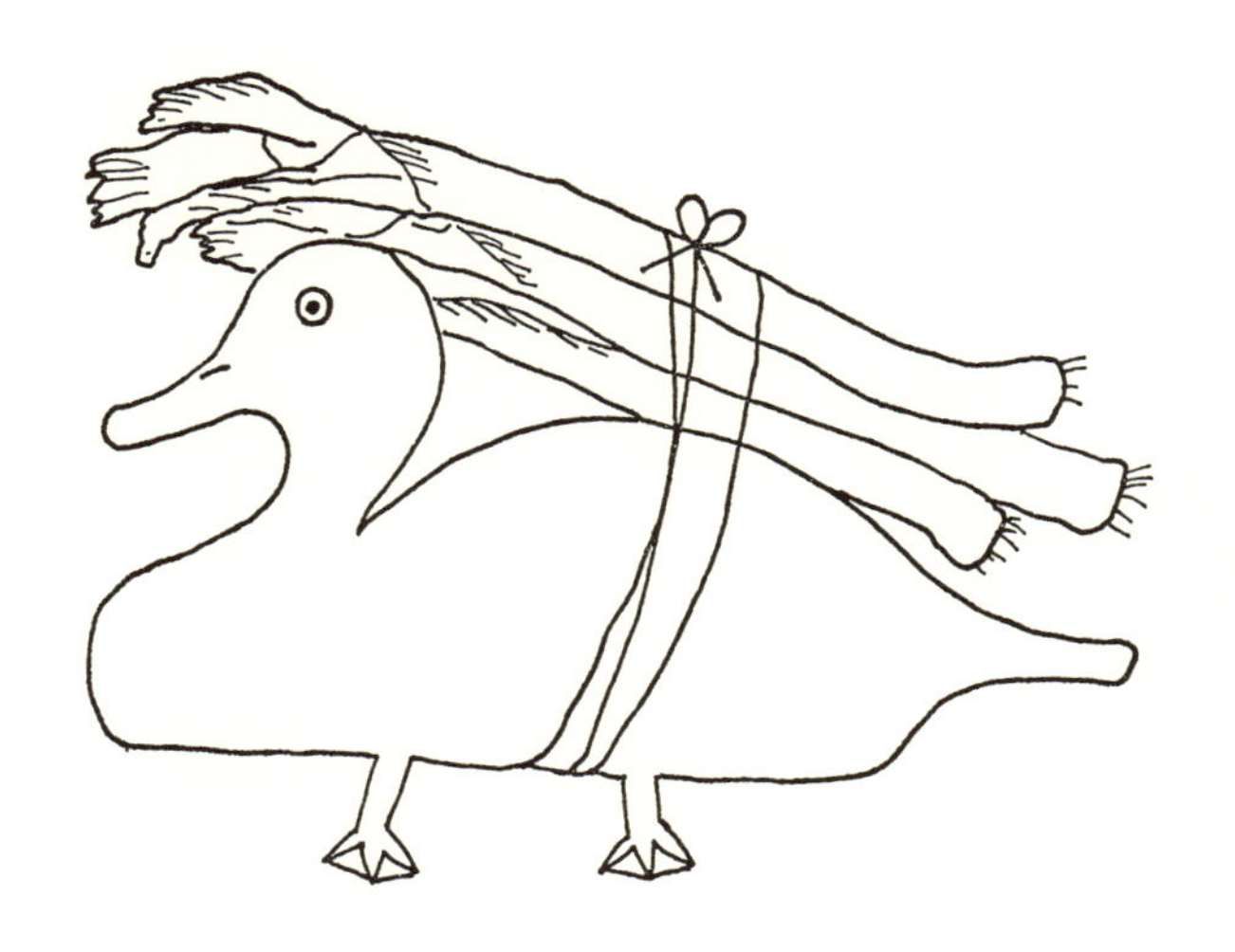

今年になってから、突然、

「童謡を吹き込みませんか」

という電話をもらった。

それはあの「カモネギ音頭」のディレクターだった。童謡なんて小さいときに歌ったきりで、大きくなってから歌ったこともないし、もちろん吹き込んだこともない。

でも童謡はふるさとのような気がして、とても興味があって、

「やります」

と返事した。

私が歌うのは「げんこつ山のたぬきさん」と「サッちゃん」とテレビの「アルプスの少女ハイジ」の主題歌「おしえて」の三曲で、童謡集のＬＰに入るものだった。私は童謡に縁がなかったので「サッちゃん」しか知らなかったが、テープをもらって練習した。

練習しているときに中山千夏ちゃんが遊びに来た。私の歌ってるのを千夏ちゃんが聞いて、

「それじゃレミちゃん、シャンソンだよ」

と言って見本に歌ってくれた。童謡はかわいく楽しく無邪気に歌うといいと言ってくれた。

そのとおりにやると、なるほどほんとうにうまくいくのだ。千夏ちゃんは即席の先生だった。

レコーディングはまあまあうまくいったと思う。私が童謡を歌うなんて珍しいことだし、せっかく歌うのだから自分の子どもに聞かせてやったら最高だなと、ふと思った。それから考えたのは、もしかしたらほんとうに子どもができるかもしれないということだった。

今年の夏は、千夏ちゃん夫婦と、私たち夫婦で、一か月くらいヨーロッパに行こうと約束していた。ある日、千夏ちゃんから、具体的なスケジュールの打ち合わせをやろうよ、と電話があった。私は、

「ちょっと待って。それが変なのよ。一週間遅れてるのよ」

と言った。

私はそのときは、まだ信じられなくて、ただ生理が遅れているのだろうと思っていた。聞いた話では一か月も遅れる人だっているらしいし、想像妊娠というのもあるらしい。千夏ちゃんは、

「お医者に行きなさいよ」

と言った。

それから、また童謡を歌うという仕事が来た。今度はテレビの「ひらけ！　ポンキッキ」の中で使われる歌二曲だった。続けてまたまた童謡なので、これはいよいよ神様が仕掛けしたのかなあ、と思った。

病院に電話したら、

「牛乳びんに半分お小水をとって持っていらっしゃい」

と言われて、うちでは牛乳をとっていなかったので買ってきて、中身を飲んでその代わりにおしっこを詰めて恥ずかしながら持っていった。

二時間待たされて、結果は妊娠反応なし。でも先生は、初期ははっきりプラスと出ないけれど、生理がないということは妊娠にまちがいないでしょう、一週間後にもう一度いらっしゃい、とのこと。

一週間後に、また牛乳を買った。病院に行くのにタクシーをとめたら、前に二人のっている。運転手が二人もいるのはおっかないと思って、ちゅうちょしてなかなかのらなかった。そしたら、

「見習い運転手に指導してるんです。心配しないでどうぞどうぞ」

と言う。のってから私は、

「こんな車はじめて」

と言った。そしたら助手席の男は、

「お客さん、ついてますよ。こういう車にはめったに当たるもんじゃないですよ。今日はお客さん、いいことありますよ。絶対ありますよ」

と言う。


病院で二時間待たされた。そして先生に言われた。

「ご妊娠です。おめでとうございます」

帰り道、おなかの中にもう一人人間がいるんだと思うとおかしくて、不思議な気持ちで、歩きながらひとりで歯を出して笑ってしまった。うちに帰ると電話が鳴っていた。千夏ちゃんだった。

「どうだった？」

ときかれて、私は、

「ヨーロッパ、だめになっちゃった」

と答えた。私の妊娠を最初に知ったのは千夏ちゃんで、夫は二番めになった。

夫に知らせたときは、もうレコーディングの時間が迫っていて、出かけなければならなかった。その日は「ひらけ！　ポンキッキ」の歌を吹き込む日だったのだ。

歌い終わったとき、担当のディレクターが私に、

「子どもはつくらないの？」

ときいた。私は、

「できたばっかり」

と言うのはあんまり生々しいので、ただ、アハハハハと笑っていた。

パダム・パダム

赤ちゃんができたことを実家に知らせようと思った。すぐに電話しようと思ったけれど、きまりが悪くてなかなか電話できなかった。

どうしてきまりが悪いかというと、赤ちゃんができる原因はあまりにも生々しくて恥ずかしいと、私は自意識過剰で思ってしまったのです。

「恥ずかしかったらおれが電話するよ」

と夫が受話器を取った。夫は私の父に、

「今年中にお孫さんがまた一人増えますよ」

と言った。父はそれを聞いて、

「おれは驚かないよ。おれは興奮しないよ。ちょっと待ってて。オーイ、お母さーん、お母さーん。大変だよレミが……」

と言ってたそうだ。そして母に替わった。そこで初めて私が電話に出た。

母はとっても喜んでくれた。

「まあ、よかったわねえ」

と高らかな声で何度も言った。


私の妹は学生結婚して、静岡の歯医者さんのところに行った。もう子どもが三人もいる。三人ともかわいくて、とくに下の二人は西洋人のような顔をしている。色白でまつげが上向いてて、目はパッチリして髪の毛はカールしている。妹とも旦那さんともまるで似ていない。私のおじいさんはフランス人だから、四分の一のミックスだけど、妹のミカは純日本人の顔をしている。だけど八分の一の子どもたちは突然変異というのか何か知らないが、ミックスみたいになっちゃった。私の場合はどうなるだろうか。楽しみだけど、こればっかりはわからない。

母は後から私に、

「実はとっても心配してたのよ」

と言った。

「ミカちゃんの子どもたちがかわいいから、その話をしたかったんだけど、レミちゃんの前で子どもの話をすると悲しむだろうと思って、しなかったのよ」

母は私に、

「子どもは大変だから、いないほうが楽よ」

と言っていたのだ。

でもそれは、私になかなか子どもができないので、慰めてくれていたらしい。本人はまったく気楽に考えて、なるようになればいいいと思っていたのに、まわりは気をつかったりしていたのだった。結婚してから、二年と三か月めの妊娠です。二年くらい子どもができなくても、私は考え込んだりしたことはなかったけれど。

でも、もっと長く子どもができないと深刻になるらしくて、私の友達で結婚五年めにまだ子どものいない人がいるのだが、その人に妊娠したことを電話したら、次の日向こうから電話があって、

「ゆうべ一晩中泣いちゃったの。レミちゃんが遠くのほうに行っちゃったような気がして。子どもかわいがるから、ずっとつきあってね」

と言うのだ。かわいそうで涙が出そうになってしまった。

そうしてまわりを見ていると、私は今まで気がつかなかったけど、子どもができないで悩んでいる人が知り合いにたくさんいて、そういう人たちの話を聞いていると、ああ私はもっと喜ばなくちゃいけないなあと思えてくる。

夫の友達の奥さんで、私より三か月早く妊娠した人がいる。私が妊娠したら、この人と

急速に親しくなった。妊娠した人どうしは話題も共通で、お互いに生まれて初めての体験で、毎日電話し合って、体のことや食事のことなんかで話がはずみ、一緒に散歩に行ったりする。

実家に帰ると、父はゲラゲラ笑った。この日は私が妊婦になって初めて顔を合わせたときだった。父は、

「レミがおっかさんかよ」

と言って、でんぐり返って顔を真っ赤にして笑った。

その後も兄や友達が笑った。私のことをよく知っている人はみんな笑う。ほんとに失礼しちゃう。私にもちゃんと子宮や卵管がくっついていて、卵子も毎月ちゃんと出ていたのに。

身内と、うんと親しい友達しか知らないうちに、どこから聞いたのか女性週刊誌が取材させてくれという。夫の仕事場に電話が来た。夫は女性週刊誌が大きらいだから、すぐ断わってしまった。それっきり週刊誌の人とは話もしていないのに、一週間くらいたったら、ちゃんと記事になって出てしまった。

タイトルは「平野レミてんやわんやのああ妊娠」と書いてある。

わが家は騒動を起こしたこともないし、いったい何がてんやわんやかさっぱりわからない。静かな環境で平穏無事に妊娠しただけなのに、週刊誌にかかると「てんやわんや」になってしまうらしい。

もっとひどいのは記事の中身で、私が母に電話をかけて、

「かあちゃん、メンスがとまってるんや」

と言ったことになっている。

私はラジオで三年間ワアワアとにぎやかに放送をやっていたから、そのイメージで創作したのだろう。けれど私は「かあちゃん」なんて言葉をつかったことはないし、「メンス」という言葉をつかったこともない。

今、普通の女の人で「メンス」なんて言う人はいない。たいてい「生理」という言葉をつかう。それに「とまってるんや」というのは関西弁だから、私は関西に住んだこともないのに、こんなふうに言うはずないのだ。

それから、夫が喜んで木馬を買ってきたと書いてあった。これはまったくでたらめで、そんなことしたこともないし、話題にしたこともない。第一赤ちゃんといったってまだ五ミリくらいで、実感もわかないでいるのに。夫は、

「おれはそんなおっちょこちょいじゃねえや」

と言って、ますます女性週刊誌がきらいになった。

妊婦にはなったけれど、実感はなかなかなくて、おなかはぺっちゃんこだし、つわりはないし、母親になるということがなかなか信じられなかった。

先生に妊娠と言われても、私は生理が遅れているだけで、そろそろ生理が来るというふうにしか考えられなかった。そうしたらある日、懐かしき生理が来た。ほうら、やっぱり生理が来たと私は思ったが、心配なので先生に電話した。

「それは流産兆候だから絶対安静にしてなさい。病院に来てもいけません。お小水を家族のかたが持ってきてください」

と先生に言われた。夫は、

「あーあ」

と言いながら、私のおしっこを牛乳びんに詰めて病院に持っていった。

検査の結果は、

「赤ちゃんは元気です」

と言われたそうだ。

「ションベンだけで元気かどうかわかるのかなあ」

と夫は不思議そうに言った。

なにしろ二、三か月が赤ちゃんのおっこちやすい危ないときなので、私は慎重におとなしくしていた。出血は一日おきくらいに、ほんの少しずつあった。すずめの涙ほどだったし、体はまったく元気だったから、一週間もじっとしていたら、もう退屈しちゃって動きたくてしょうがない。

夫は本を何冊も出してきて、

「読んでごらん」

と言った。私はそれまで本をまったく読まなかったけれど、あんまり退屈だから、生まれて初めて本を読んでみようかという気になった。生まれて初めての体験のとき、生まれて初めての体験をまたしちゃった。

初めに読んだのは中山千夏ちゃんの『千夏一記』で、これは千夏ちゃんが妊娠してから、病気と妊娠がかち合っちゃって、とうとう妊娠が負けて、七か月でおっこっちゃうまでの闘いの記録が詳しくつづられている。私は感動して、読みながら喜んだり泣いたりして忙しかった。自分が妊娠していたから、よけいひしひしと感じた。男にはあの気持ちはわからないと思う。

寝ている間に本を五冊読んだ。とってもインテリになった。もっと病気をやってれば、

ほんとうにすてきなお母さんになっただろうと思う。

寝ていたのは三週間くらいだった。その間、夫の友達やその奥さんたちが、とっても優しく親切にしてくれた。私よりも三か月前に妊娠した先輩で、夫の友達のKさんの奥さんは、うちへ出張して食事を作ってくれた。そのうえ、うちの食器を洗わなくてもすむように、おなべやお皿やお箸まで持ってきてくれた。

渥美清さんからは果物が届いた。そして電話で、

「その後どうですか」

と時々お見舞いを言ってくれた。

渥美さんは若いころ長いこと入院していたことがあるので、病気のつらさはよくわかるから、と言って励ましてくれるのだ。渥美さんの経験に比べたら、私なんか一億分の一くらいの、病気ともいえない病気なのに、ほんとうにあのあたたかさには恐縮してしまった。

黒柳徹子さんは「嫁に」と言ってばらの花束を夫に渡してくれた。黒柳さんは私のことを直接にも「嫁」と言うのです。

立木義浩さんの奥さんのミッちゃん奥さんは、雨のザアザア降る日に、両手に大きな袋を三つずつ持って傘も持って、明るい声で、

「どうしたの？　平気？」

と言いながら入ってきた。

大きな袋には、肉やらすいかやらパンやらケーキやら、いっぱい入っていた。そして腹帯も入っていた。私はまだ見たことも締めたこともなかったのに、

「これしないとだめよ」

と言って渡してくれたので、すぐつけたらば、ほんとうに妊婦らしくなって実感がわいてきた。

ミッちゃん奥さんは、しばらく掃除してない汚い台所を、どんどんかたづけて掃除をして、なめるようにきれいにしてくれた。そしてローストビーフやらスープやらサンドイッチやら、いろいろ作ってくれた。ミッちゃん奥さんには、

「ちょっとぐあいが悪いので、家政婦さんを紹介してちょうだい」

と電話しただけだったのに。

そのほかにもいろんな人から優しくされて、私は感謝のしっぱなしだった。人が病気のときに、私があんなふうにできるかどうか心配になった。たった三週間だけど、寝ている間にいろいろの勉強をした。人に優しく親切にしなくちゃいけないと教えられた。ほんとうにそういうふうにしようとしみじみ思った。

夫は二度、病院へおしっこを持っていった。三週間たって、やっと私が自分で病院へ行けるようになった。久しぶりに町に出たら、人の顔がそれぞれ違って、楽しそうな顔や、人生やってるのがつまんなくてしょうがないという顔や、いろいろなバラエティに富んでいて、人間てこんなバラエティに富んでいたっけかなあ、と思った。そして、健康で立って歩けることはすばらしいことだなあ、と思った。

病院では体重と血圧を測った。それから、

「ベッドに横になって、おなかを出してください」

と言われて、何するのかわからないけど、おなかを出したら、マイクロフォンみたいなものをおなかに押しつけられた。天井にスピーカーがあって、おなかの中のザワザワゴロゴロという地下鉄の工事よりすごい音が聞こえてきた。

そのうちちっちちゃくトットットットットッとすばやく鳴る音がする。先生は、

「これが赤ちゃんの心音ですよ。おめでとうございます」

と言った。

別のところにマイクロフォンを押しつけられた。そしたらゆっくり大きな音で、ゴボッ、ゴボッ、ゴボッと聞こえた。

「これがあなたのですよ」

トッ トッ トッ トッ トッ

と言われた。怪物みたいな大きな音で、あんまり大きいのできまり悪くなった。

子鹿のバンビと象さんぐらい違っていた。

内診の結果、出血は流産兆候ではなく、頸管ポリープだった。小さいから取ることもないです、と言われて、心配はしなくてもいいことになった。

病院の帰りに、ラジオに出るために赤坂に向かった。その途中は変な気持ちだった。心音を聞いたからだった。私は一人じゃなくて二人なんだと思うと、仲間が増えた感じで力強くもあったし、心配でもあった。早く見たいと思った。ちょっとだけピンセットでひっぱり出して見てみたくなった。そんなことを考えてたらおかしくて、またひとりで笑ってしまった。

ラジオは愛川欽也さんの番組の最終日だった。私はその番組の中の「ミュージック・キャラバン」という三十分コーナーがあって、そこで、

「男が出るか、女が出るか」

となっていたのだ。

その日が欽也さんとお別れだというので、その番組に出たことがある人たちが、ひと言ずつ何か言うためにスタジオに集まったのだった。もし「今、私がこうです」と言って、「男

が出るか、女が出るか」と叫んだら、その番組のファンの人はきっと喜んでくれただろうと思ったけど、自分のことになると照れちゃって、どうしてもそれはできなかった。

ラジオの帰りに道で夫に出会った。仲間と食事して出てきたところだった。私は、

「いたよ、いたよ、小さくいたよ」

と言った。夫は、

「何がいた？」

と言った。私は心音を聞いたことを話した。

新しい出発という感じがした。

うちへ帰って今朝まで寝ていたふとんをたたんで、戸を全部開けて、はたきと掃除機を持ってすみからすみまでツルツルにして、おふろに入って三週間分のあかを落として、シャンプーをして、洋服を取り替えた。

こんにちは赤ちゃん

つわりが始まった。普通の人は二か月くらいからなのに、そのころはなくて食欲もりもりだったから、私はつわりを知らないで過ごすことができそうな気がした。でもだめだった。

四か月めに入ってから、いきなりゲボッと来た。それからは大好きだった日本茶が大きらいになった。お茶、と考えるだけでオエーとなる。食事を作るのがだめになった。料理をするときの匂いがだめなのだ。台所、と思うだけでオエーとなるようになった。

町を歩くと排気ガスがだめだった。あれを思うとオエー、これを思うとオエーで、男がうらやましかった。妊娠は男にも責任があるのに、どうして女だけがこんな思いをしなくちゃいけないんだろう。

友達に聞いた話では、旦那が会社から帰ってきて、旦那の顔を見るとオエーとなる奥さんがいて、離婚騒ぎにまでなったそうだ。

私はそれほどではないからまあよかったけれど、うちで食事が作れないので外食が続いた。自分で作らないで食べるだけならまあよかったのだ。

たまにはステーキを食べようということになって、妊娠祝いを兼ねて、赤坂の最高級のステーキ屋さんに行った。ワインを飲んで生肉食べてステーキを食べた。一人前一万二千五百円なり。おいしくておいしくて、食べたところまではよかった。

うちに帰ってきてしばらくすると、だんだん例のオエーの感じが始まった。でももったいないからぐっとこらえた。こらえてたら口もきけなくなって、それでもこらえていると頭が痛くなってきた。

目が回ってきて死に物狂いで、もう洗面台に駆けていった。夫が、

「どうした、また吐いちゃったのか」

ときくから、ほんとうは一万二千五百円分出しちゃったのだけれど、ほんとうのこと言うとせっかく連れてってくれたのにかわいそうだから、

「三千円分だけ吐いちゃった」

と言っておいた。

四か月の末、夫と水天宮に行った。夫は、いろんなしきたりはおもしろいからちゃんとやろうと言う。水天宮に行ったのは戌の日じゃなかったけれど、腹帯とお守りを買った。

千円
千円
壱万円

五体健全でいい子が生まれますように、と祈った。ついでに家族もみんな元気でありますようにと、お賽銭百円だけでいっぱい祈ってきた。まわりにもおなかの大きくなりかけたような人がたくさんいた。

腹帯を初めて巻いたのは戌の日だった。お赤飯と鯛で軽く祝った。どうして戌の日が子どもに関係があるのかは知らない。夫は、

「犬の子は丈夫なんだろ」

と言った。

夫の友達のKさんの奥さんは、私より三か月早く妊娠した妊娠先輩で、夫どうしは昔から仲のいい友達だったのだが、妊娠をきっかけに妊婦どうし、とても親しくなった。一緒にマタニティドレスを買いに行ったり、明治神宮に散歩に行ったり、毎日のように電話し合って最新妊娠情報を聞きっこしたりして、お互いに心強くていい仲間だった。

あちらが猫を飼うとこちらもまねして猫を飼うし、あちらがヨーロッパに旅行すると、何か月か後にこっちはアメリカに旅行する、というふうにお互いよく似た家庭で、あちらが妊娠するとこっちも三か月後に妊娠して、あちらが出血で入院すると、私も出血で絶対安静で、調べたら両方とも頸管ポリープだった。

その人から電話があった。

「病院からなの。もう産んじゃった」

という。まだ七か月だった。

ぐあいが悪いので入院したら、その日の晩に陣痛が来て生まれてしまったそうだ。苦しまないで簡単に生んじゃったというから、私はとてもうらやましかった。

でもまだ七か月だから、未熟児室のガラス箱に入っていて、それでもとっても元気で、おしっこなんかピュッピュッピュッと噴水みたいにするという。男の子だった。

「猫とどっちがかわいい？」

ときいたら、

「そりゃ人間のほうがかわいいわよ」

と答える。

彼女は二匹の猫を飼っていて、ものすごく猫を溺愛しているのだ。それでも生まれたての口もきけないいまだまっかっかの猿みたいなものが、猫よりかわいいというのだから、母親というのはなんてゲンキンなものでしょう。

Kさんも喜んで、すぐ名前をつけた。ところが喜びもつかの間、十五日めに坊やは死んでしまった。早産すぎて育たなかったのだ。私もとっても悲しかった。小学校も同じにして、男の子と女の子だったら、結婚させちゃおうか、なんていろいろ夢を話し合ってた妊娠仲間だったのに、私はなんだかとても気が抜けてしまった。

ばらの花を買ってKさんのうちに行った。連れて帰った子どもの棺は四十センチぐらいで、祭壇の上に置かれていた。二人とも喪服を着て、坊さんもよんで、赤ちゃんを立派な一人前の人間として弔っていた。赤ちゃんもかわいそうだけど、たった十五日間のお父さんとお母さんが、私はもっとかわいそうだった。

ガラス箱の中に入ったままだったから、二人はだっこもしていなかった。棺の中には買ってきたばかりのおもちゃが入っていた。

Kさんは、

「せめて抱いてやりたかった」

と言った。

お通夜の席で友人たちは、

「抱いてから死んじゃ、もっと悲しいよ」

と言って慰めていた。

奥さんのほうのお客は奥さんを慰めるつもりで、未熟児のおっかない例をいろいろ話している。

彼女と私はいろいろ似ていて、私はいつも後を追いかけているから、今度の場合も私がまねして、おんなじようなことになるかもしれない。そう思うとそれも心配だ。

彼女は一度入院した以外はとても元気で、血色もよく丸々と太って食欲もあって、快適な感じだった。本人も、早産してしまうような原因は全然わからないと言った。

それよりも、十か月元気そのもので、分娩室に入ってお母さんが死んだ例もあるのだ。それは私の兄のお嫁さんで、私ととっても仲よしの人だった。

明るくて、かわいくて、私と二人で歩いていると男の人が、

「お茶飲みませんか?」

としょっちゅう誘いかけてくるような、チャーミングな人だった。

二十一歳で結婚して、すぐ妊娠した。陣痛が来て、用意していたピンクとクリーム色の赤ちゃんの靴下のうち、男の子を産むつもりだったのか、クリーム色のを持って、おしめなんかを持って、元気よく、

「行ってきまーす」

と出かけていった。

夜になって、今か今かとみんなが電話を待っていた。男の子かなあ、女の子かなあ。夜

中まで待っても生まれた知らせがないので、みんなひとまず寝た。

明け方、病院から兄のところに電話があった。

「奥さんの様子がおかしいからすぐ来てください」

とのこと。兄が分娩室に入ったときは、お嫁さんは人工呼吸をされていたが、実際にはもう死んでいたのだ。子癇だった。

今か今かと待っていた電話は、喜びの知らせじゃなくて死の知らせだった。だから妊娠というのは最後の最後までわからないとつくづく思った。


それから七年たつ。でも私も妊娠してまた彼女のことを思い出すのだ。

いろいろな話を聞いたり、七年前のことを思い出したりして、妊娠に対する不安がやたらに出てきた。妊娠なんて猫もしゃくしもすることだから平気なはずなのに、不安だなと思いはじめると、不安がだんだん大きくなってくる。

その不安の真っ最中に、ちょうど定期健診があったので、先生に、

「もしも変な子ができてる場合には、レントゲンでわかりますか」

ときいたらば、

「さあ、それはわかりませんよ。頭がない子ぐらいだったらわかりますけど、指が七本だ

ったり八本だったりすることは、生まれてみなければわかりません」

とあっさり言われてしまった。

それから頭のない子がおなかの中にいるような気になってしまって、ユーウツでしょうがなかった。

実家に帰ったときに、父に、

「変な子が出てきたらどうしよう」

と言ったら、父は、

「いいじゃないか。変な子のほうがかわいいもんだよ」

と言ってくれたので、ちょっとほっとして、そんなもんかなと思って、それからはあんまり気にしなくなった。

ここまで来ちゃったのだから、もうなるようになるしかしょうがない。何が出てきても平気だよと居直ることにした。


それから数日後、七月七日七夕の夜、おふろに入って、夫におやすみと言って、ごろっと横になって、すやすやーっと深い眠りに入っていこうとしているときに、突然、私が動いたんじゃないのに、おなかの中で元気のいい太いみみずが踊りをおどるみたいにピクピクッとした。

もう私は驚いて、

「そら来たっ」

と思って飛び上がってしまった。頭のない子が動きはじめたみたいに思っちゃったのだ。

それで全身鳥肌立って、おっかなくて、夫にしがみつきに行った。

「こわいよ、こわいよ」

と言った。私がそんなにおっかながっているのに、夫は笑って、

「動いたか、動いたか」

と、やたら客観的である。それが最初の胎動だった。


永六輔さんは「こんにちは赤ちゃん」という歌はほんとうは男の人のために作ったものだ、と話してくれた。生まれてきたときに「はじめまして」と言うのは男の人で、女の人は、生理がなくて「あら、今月もないわ」と感じたときに「はじめまして」と思うものらしい、と永さんは言った。

私の場合はピクピクッと来たときに、おっかなさもあったけれど、このとき初めて「はじめまして」という感じだった。それからは毎日ピクピクッと動く。

初めはあんなにびっくりしたピクピクが、だんだんかわいらしくなってきて、ピクピクがないと寂しくなる。たまに一日動かない日があったりすると、もう死んじゃったのかと思って心配になってしまう。

台所の流しのところでお皿を洗っていたら、おなかを流しの縁に押しつけていたせいか、おなかがつっぱって流しを押した。赤ちゃんが息苦しくて、いやだいやだと言って足をつっぱったようだった。ガスレンジのそばでいためものをしていたときも、おなかのあたりが熱くなるので、赤ちゃんがまたつっぱってガスレンジを押したふうに思えた。

そんなふうに動いているので、親しみを感じてくる。父親より母親のほうが、おなかの赤ちゃんによっぽど親しみを感じると思う。父性愛という言葉より母性愛という言葉のほうが有名なのも、そこから来ているのでしょう。

最初はみみずのようにピクピク動いていたのが、一か月以上たつと、だんだん堂々と動くようになってきた。グリングリングリンと、でんぐり返っちゃうような感じで動く。

最初は遠慮っぽく動いていたくせに、今はわがもの顔で動き回る。一か所じゃなくて、いろんなところでグリグリやるのだ。

中でひとりで何しているのだろう。早く会いたくなってきた。

病院の母親学級にも行くようにしている。六回出て六百円。学校のようにちゃんと出席もとる。休憩時間には牛乳と麦茶をくれる。

そこでは身体の構造や、子どものできる仕組みや、母親になる心構えや、妊産婦のための献立や、おしめの作り方とたたみ方、その他いろいろのことを教えてくれる。

母親学級の中には四十過ぎた初産の人もいるし、中絶を四回もしたと看護婦さんに話している人もいる。二十歳ぐらいの若いお母さんもいる。つわりでぐったり死にそうな人もいるし、潑剌として元気な人もいる。

でも潑剌としている人のほうがうんと少なくて、これから赤ちゃんを産むという期待に満ちて人生ばら色という感じで、目が輝いて皮膚がさくら色で健康的な人が少ないのが、私には不思議に思える。夏だから暑くてくたびれて、みんなげっそりしていたのかしら。

私だって、人が見たらどんなふうに見えるかわからない。

上野の東京文化会館の音楽会に行ったら、ロビーで夫の友人のいずみたくさんに会った。いずみさんは私のおなかを見て、それから会場にいる大勢のお客さんを指さして、

「この人たち全部、女が産んだんだよ」

と言った。ほんとうにそのとおりで、女じゃなくちゃ子どもを産めないのだ。

何百何千億円かけたって人間と同じものは作れないのに、人間はお金を一銭もかけないで人間を作れちゃうのだ。ひょっとすると天才まで作れちゃう。女というのはすばらしい構造を持っている機械で、自慢をいっぱいしてもいいものだ。

私は女に生まれてきてほんとうによかった。堂々と胸を張っていばって町を歩いているのです。

ばら色の人生

おなかがどんどん大きくなってくると、小さなことが気にならなくなった。

前は空が暗くなって雨が降りそうだと、自分の気持ちまで暗くなったのに、今は雨が降っても、シトシトしてて静かでいいなあと思うようになって、毎日が明るくて楽しくて、不愉快なことがない。毎日が充実している。

なんで充実しているのか自分でもさっぱりわからない。子どもが生まれるからうれしくて充実しているのか、それとも子どもが生まれたらすごく大変だっていうことを知っているから、今なら身重だけど身軽で、今のうち楽しんでおこうと思う気持ちが無意識にそうさせるのか、よくわからない。

だけど、ただただだらうれしくて、こんな楽しいものなら、妊娠が十か月というのはもったいなくて、一年も二年もいっぱい続いてれば、もっと人生ずっとばら色で、毎日ににこにこしていられるのに、と思う。

そう思うと、桃代がかわいそうでしょうがない。桃代というのはうちの猫のことで、漫画家の赤塚不二夫さんからもらった、アビシニアンとエジプシャンと普通の猫とのミックスで、それはそれはかわいくて、頭のいい猫。買い物に行くとついてきて、車の激しいところまで来て、そこで帰りを待っている。

だから寄り道ができない。夜なんか真っ暗でわからないと、向うからニャンと鳴いて、待ってたよ、と自分がそこにいることを知らせる。そういう猫だから、きっと妊娠の喜びもわかっただろうと思う。

それなのに、私はまだ妊娠の喜びを知らないときだったから、猫が子どもを産むと困ると思って、避妊の手術をしてしまった。人間てほんとうに残酷な動物だ。

ある日、私はおへそのごみを取っていた。夫が、

「何やってるの」

ときくから、

「いい子をつくろうと思って」

と私は答えた。

どうしてかというと、外界との流通をよくして、いい空気がいっぱい入るようにしておこうと思ったのだ。

夫は、バカだな、と笑って、

「子どものへそと母親はつながってるけど、母親のへそと子どもがつながってるわけじゃない」

と言うから、私には数学みたいにむずかしくて頭の中がこんがらがっちゃって、今まで何十年間信じていたことが、突然目の前でくずれてしまうようで、すごく不思議な気がした。

母親学級に行って話を聞いたら、夫の言ったことが正しいらしくて、お母さんの栄養を赤ちゃんはおへそから吸収するのだと教えられた。だからお母さんは栄養のバランスのとれたものをたくさん食べないといけない、と言われた。

ビタミンAが足りないと夜盲症、B_1が足りないと胎児死亡、B_2が足りないと胎児発育不良、B_{12}が足りないと貧血、Cが足りないと感染に対して抵抗力が弱くなる、Dが足りないとくる病、など。だから今私は、栄養のことにとても神経をつかっている。だけど、とてもいいというレバーだけは、どうしても食べられない。

ヴェトナム戦争の記録映画など見ると、子どもを抱いたお母さんがよく映るけれど、戦争の最中で栄養なんか足りないはずなのに、五体満足で育っているように見える。でもその子たちは病気になりやすかったりするのだろうか。

日本でも、戦争中に生まれた人たちはどうだったのだろう。今、三十ちょっと過ぎた人たちは私の知ってる範囲ではみんな立派だから、あんまり神経質になることもないかもしれない。

ヴェトナムといえば、ヴェトナム戦争の記録でアカデミー賞をとった映画をテレビでやったときに、うちで大勢で見た。血だらけのすごい残酷なシーンだらけで、ドキドキしながら見ていたら、その二時間はおなかの赤ちゃんがグリングリンと動きっぱなしだった。子どもにわかっちゃうのかしら。

永さんは、

「レミちゃん、胎教によくないから見ないほうがいいよ」

と何度も言った。

そうすると今度は渥美さんが、

「こういうのは見といたほうが、元気な力強い子ができるよ」

と言った。


男の子と女の子とどっちがいい？　ときかれるようになった。

一日に一回は誰かしらに必ず言われる。私は、

「女の子」

と答える。女の子は話し相手になるもの。洋服取り替えて二人だけで家の中でファッションショーもできる。

女はつまんない話が好きだ。近所の誰々さんがどうでこうでと、身にもためにもならない話をする。私も母とそんな話ばかりしている。実家に帰ってもそうだし、電話でもバカ話ばっかりしている。妹もおんなじだ。母は、

「ほんとうに女の子はいいわね。サトちゃんはつまらないわ」

と言う。サトちゃんというのは私の兄貴で、たまに実家に帰っても新聞や本ばかり読んでいて、話にのってこないのだ。夫を見ていてもつくづくそう思う。たまにお母さんが遊びに来ても、

「うんうん」

と言うだけで、ろくに話をしない。めったに実家にも帰ってあげない。だから私は男の子より女の子のほうがいい。

立木義浩さんのうちで、ミッちゃん奥さんにそのことを話したら、奥さんは、

「あら、タッちゃんはちがうわよ」

と言った。

「タッちゃんはお母さんお母さんて言ってるわよ」

立木さんのうちは上が二人女の子で、下が一人男の子。初めて女の子を産んだとき、立木さんに「男を産むまでは一人前の人間じゃない」と言われたそうだ。それで三人めに男の子ができたら、「これでお前も一人前になった」と言われた。

いろんな考え方があるし、いろんな家庭があると思う。うちの夫は、

「どっちでもいいよ」

と言っている。


おなかだけじゃなくて、おっぱいも大きくなって、すごくグラマーになってきた。これでおなかが大きくなければすごくかっこいいのに、おっぱいはおなかに比例して大きくなるのが残念です。

黒柳徹子さんは、

「ちょっとさわらして」

と言って私のおっぱいをしげしげとさわって、

「あらいいわね」

と言った。

初めのうちは一生懸命おなかを引っ込めて、妊娠で大きくなったんじゃないというふうにおっぱいを強調して歩いていたけれど、すぐそれもくたびれてできなくなってしまった。もう二度とこんなグラマーになることはないかもしれないから、夫に、「大きいでしょ、大きいでしょ」と言って見せびらかしているのに、夫は、「うん、うん」と言うだけで反応がなく、まるで無関心のようだ。あとで絶対後悔すると思う。

ヒップも大きくなった。おなかが大きくなるのはしょうがないけれど、ヒップまで大きくなると、パンツがはけなくなって困る。ビキニパンツがだめになっちゃった。

それに先生に、

「こんなパンツはだめです。ズロースをはきなさい」

と言われて、しかたなくズロースをはくのですが、ズロースというのはほんとうにズローッという感じで、よくできた言葉だと思う。全くしまりのないもので、かっこわるくてしょうがない。

体重は、私はもともと四二キロだったのに、七月には四七・五、八月には五四・三、九月には五六・五、っていうふうにどんどん増えてくる。子どもはふつう生まれてくるときは三キロぐらいなのに、子どものほかには何がどうなっちゃっているんだろう。

今のところ、たんぱく尿も糖尿もなくて、血圧は四月には四〇と九〇だったのが、現在は六〇と一〇二で、まあ順調というところ。子宮底は九月現在二十四センチ。赤ちゃんは逆子ではないそうで、これも安心。でも後期には妊娠中毒症が起こりやすいので、それがちょっと心配だ。

九月十六日の夕方、ベッドに上向きで昼寝していたら、おなかが動いたのでじっと見ていた。

そしたらおなかが親指ぐらいの大きさで、ボコッと持ち上がった。胎動はそれまでたくさん感じていたが、この目で動くのを見ると、ほんとうに妊娠していることを信じないわけにはいかなくなった。

この世の中は、空飛ぶ円盤でも幽霊でも、自分の目で見なくちゃ何も信じられないけれど、私もこの目で赤ちゃんを見たような気がして、今度は絶対で、胎動よりも確かに妊娠している証拠をつかんだのです。

でもやっぱりこわくて、最初の胎動のときも鳥肌立ったけど、今度もまた鳥肌立っちゃって、そばに夫がいなかったけれど、

「和田さーん、こわいよー」

とつい言ってしまった。

まだおなかの赤ちゃんをかわいいとは感じられない。世間一般では、おなかで動きだすとお母さんはかわいくてしょうがない、とよくいうけれど、私にはまだかわいいという感じより気持ち悪い感じのほうが強い。

私がおなかが動いたと言ったら、中山千夏ちゃんが、

「かわいいと思う?」

ときいた。私が、

「思わない」

と言ったら、

「そうでしょう、私も下痢してるみたいで、おなかがゴロゴロいって気持ち悪くてしょうがなかった」

と言った。

そんなふうに思いながら、毎日が楽しいのだから、妊娠というのは複雑だ。

私は今、初めのころのような不安はあまりないけれど、でも妊娠というのは、いつも期待と不安が背中合せになっていると思う。どんな子が出てくるのだろう。

名前のことなんか、まだまだ考えていないけれど、何て呼ばせようか、と夫と話しする

ことはある。

「パパ、ママはやめような」

と夫は言う。

私もそれに賛成で、私も両親をパパ、ママなんて呼ばなかった。

うちの父は外国の血が半分で外国人の顔しているけれど、パパと呼ばれるのがきらいで、

「よせよ、よせよ」

とどなる。おとっつぁん、と呼ばせるのがいいという。

私はおとっつぁんとは呼ばなかったけど、今でも「お父ちゃん」と呼ぶ。うちは「お父ちゃん」「お母ちゃん」だった。

私の実家の近所にある農家で、そのうちは土地を売ってお金持ちになって、わらぶき屋根のうちをこわして、西洋館の大邸宅を建てた。そこから、かごしょって夫婦で野良仕事に行くのだが、ある日、奥さんが庭の用水桶でさつまいもを洗っていると、子どもが、

「母ちゃん、母ちゃんてばよう」

と呼んでいる。

何度も呼ぶけど、奥さんは返事しない。しばらくして、

「ママ」

と呼んだら、

「あいよ」

と返事をした。

私はそれを見ていてすごくおもしろくて、洋館になったら言葉も西洋風にしたんだな、と思った。

夫の友達で「ダディ」「マミィ」と呼ばせている人もいるけれど、あれはずいぶんアメリカかぶれだと思う。英語もしゃべれないのに。

私の妹のミカは子どもが三人いて、「お父ちゃま」「お母ちゃま」と呼ばせている。自分は私と同じに「お父ちゃん」「お母ちゃん」だったのに、自分の子どもには「そのほうがかわいいから」と単純に考えている。

子どもがお母さんのことを「よし子」と呼ぶうちもあって、そのうちではご主人も親戚も、みんなが「よし子」と呼ぶから、子どもも一緒にそう呼ぶらしい。子どもにとってはその人が「よし子」でも「お母さん」でも同じで、その人を呼ぶ信号なら何でもいいのだろう。音が出て、それが通じればいいのだな、と思う。うちはどうしようかな。

今私は、出産のときにお世話になる予定の病院で定期健診を受けている。

妊娠かどうか調べてもらったのは別の病院だった。最初に心音を聞かせてくれたのも、その小さな病院だった。

今行っているところは、先生がパイプのような木でできているものをおなかにおっつけて、先生だけが心音を聞く。そして、

「赤ちゃん元気ですよ」

と言ってくれる。それだけではちょっと物足りない。

八か月めに入ったので、最初の病院に、大きな病院を紹介してもらったお礼かたがた、診てもらいに行った。そこで久しぶりに心音を聞いた。

天井から、懐かしい心音が聞こえてきた。あれから四か月ぶりに聞いた心音は、ものすごく大きな音だった。

初めて聞いたときは、とっても頼りなく弱い音でトットットットッと聞こえたけれど、今度はとっても力強く、確かな間隔をおいて、ドッ、ドッ、ドッ、ドッと聞こえる。

先生たちは、

「あらあら元気な赤ちゃんですね」

と笑いだした。

セ・シ・ボン

今はもうそうでもなくなったけれど、妊娠六か月ぐらいのころは霊感づいていた。よく、妊娠すると霊感づくというけれど、自分でも不思議なことがあった。

夢の中で父がくるみを食べている。ナッツ類がたくさんある袋の中で、くるみだけが減っていた。母に、

「どうしてくるみが減ってるの」

ときいたら、

「お父さんが食べてるのよ」

と言う。

目が覚めてから、変なミミッチイ夢を見たなと思った。その日、用があって実家に電話したら父が出た。何か食べながらしゃべっているから、

「何食べてんの」

ときくと、

「くるみだよ」

と父が答えた。くるみの夢なんかそれまで見たこともないし、食べ物だって何千種類もあるのだから、偶然にしても不思議でしょうがない。

もう一つの夢は、実家に読売新聞の記者が来ているという夢だった。

次の日電話したら、母が、

「昨日はお客さんがたくさん来てたのよ。新聞社の人も来て、お父さんのこと取材していったのよ」

と言った。私は、

「読売新聞じゃない？」

と言った。母は、

「どうして知ってるの」

と言った。

ある日、買い物して帰ってきたら、玄関に知らない靴があった。お客さんらしい。夫が、

「だーれだ？」

ときくから、私はすぐ、

「横尾忠則さん」

と言った。そのとおりだった。夫には友達がたくさんいるし、横尾さんがうちに来ることはめったにないのだ。横尾さんは、

「妊娠すると霊感が発達するっていうけど、なるほどそうなんだね」

と感心していた。

子どもは女の子だと私は思う。霊感づいたついでに当たるといいと思う。

みんなは男の子だという。世の中にはいろいろな説があって、おなかが大きくてよく動くのは男の子、おなかが前に出っ張ってるのは男の子、よく食べるのは男の子、顔つきがきつくなるのは男の子、そのどれもがあてはまっているらしくて、近所のクリーニング屋さんや八百屋さんにも男の子だって言われるし、友達もそう言う。妹も言う。女の子だと言ってくれる人は、母と中山千夏ちゃんだけである。

それから、五円玉を自分の髪の毛で結んで、それをおなかの前にたらして、指で先っちょをじっと持っている。そうすると五円玉が自然に揺れるようになる。前後に動くと男の子、ぐるぐる輪を描くように動くと女の子、というおまじないみたいなやり方もあって、それでも男の子と出た。

さあ、男が出るか、女が出るか。

夫は、

「どっちかわかれば名前を考えるんだけど、男の名前と女の名前と両方考えておくのはめんどくさい。生まれてから考えよう」

と言っている。

夫は本の題名とか子どもの名前をつけるのが好きらしく、二人の子どもの名づけ親になっている。一人は「まゆ」ちゃんで、一人は「暦(こよみ)」ちゃんという。暦ちゃんというのはイラストレーターの湯村輝彦さんのお嬢ちゃんで、夫はこの名前がユニークだと気に入っているらしい。私もかわいい名前だと思う。

母が小さいとき一緒に水遊びした女の子の名前は「まん子」というのだそうで、夕方になると、その子のお母さんが、

「まん子ー、まん子ー」

と呼びに来るので、近所の人がみんなでかわいそうだかわいそうだと言っていたそうだ。母と同じ年なら、まん子さんは六十五歳。今はどうしていることでしょう。

夫の知っている人で、舞台美術家の妹尾河童さんは、カッパというのも本名なのだけれど、娘さんにマミという名をつけたそうだ。

マミちゃんというのはかわいい名前だが、漢字で書くと「狸」なのだそうで、つまり狸穴のマミなのですが、漢字だけ見た人は絶対にマミとは思わないで、タヌキちゃんだと思

うだろう。

もう一つ夫に聞いた話では、これは夫の知り合いではないのだが、戦争中に生まれた子どもに東条英機の英機とつけ、終戦後に生まれた子どもにマッカーサーとつけたということだ。木村さんだか田中さんだかわからないが、木村マッカーサーというふうになるわけです。ずいぶん節操がないおとっつあんだなと思っちゃう。


病院に行くのにタクシーに乗ったらば、親切な運転手さんで、

「おなかが大きいと暑いでしょう」

とクーラーをつけてくれて、ゆっくり運転しながら、

「お客さん、赤ちゃんができても旦那さんを大事にしないとだめですよ。みんな、子どもができると旦那そっちのけで子どもにかまけちゃう。浮気っていうのはそこから始まるんですから」

と教えてくれた。私は、

「猫よりかわいいものなんて、出てくるのかしらね」

と言った。

私は、うちの桃代があんまりかわいい猫なので、あれ以上にかわいいものがこの世にい

るはずはないと思っているのだ。

運転手さんは、

「いやーお客さん、冗談じゃない。うちの女房も猫をかわいがってたけど、猫なんか目もくれなくなりましたよ」

と言った。


母とデパートのマタニティ用品の売り場に行く。母は、

「あら、これすてき、あら、これ私にぴったり」

と言って、私の買い物についてきたのに、自分のを買ってしまう。それで、自分が妊娠してると思われないように、

「太ってるもんですから」

とか、

「こういうのは楽でいいのに、普通の婦人服売り場では売ってませんねえ」

とか、一生懸命言い訳しながら、洋服だけじゃなくて、ブラジャー、ガードル、ストッキングなどもマタニティ用のを買うのだ。そして私は、母がちょっとだけ着たお古をもらうことになる。それから母は、

「これをお父さんに買っていきましょう」

と言って、マタニティ用のいちばん大きいサイズのスラックスを買った。

父はおなかが太ってるから、うちにいるときはいつもズボンのチャックをはずしている。あんまりだらしがないと、母は困っていたそうで、それでこのマタニティ用のを見つけたものだから、すごいアイディアがひらめいたみたいに喜んで、

「これよ、これだったらお父さんにぴったりよ。お母さんは頭がいいでしょう」

と言ってそれを買い、

「お父さんにはマタニティ用だっていうことは絶対内緒よ」

と言った。

父は三日ぐらいそれをはいてから、ある日、

「おーい」

と母を呼んだ。母は、あらバレたかしら、と思ったそうだ。父は、

「マタニティ用って書いてあるぞ。おれ、やだよやだよやだよ」

と言って、母の計画は三日間だけでだめになってしまった。

母親学級では、無痛分娩のための補助動作を教えてもらって練習をする。練習するとき

は、おなかの大きい人ばっかり五、六十人が、修学旅行みたいに半分ずつ両方から頭をくっつけてずらーっと寝る。そこにレコードがかかる。レコードに合わせて、先生の言うとおり、腹式呼吸とか胸式呼吸とか短促呼吸とか、いきみなどの練習をする。

今までは栄養のことなど、机の上の勉強で、みんな座っていたけれど、寝てする勉強になってからは、みんな十年来の友達みたいに急速に親しくなった。座っていたときはお互いに知らん顔して口もきかなかったのに。寝るっていうことは親しみを増させるものなのかしら。

呼吸は、先生がレコードの音楽に合わせて、

「はい吸って、はい吐いて」

と言う、そのとおりにやる。私はうまくできるけど、なかなかできない人もいる。運動神経が発達してる人のほうがうまくやれるものらしい。

いきみがうまくできるかどうかは、先生が一人一人のまたの中に手をあてて調べるのだ。女の人が大勢で恥も外聞もなく寝っころがって、またを開いているところを男の人が見たら、どんなふうだろう。

先生は、下半身のことを総称して「おしも」と言う。だからこの教室では、おしもという言葉が何十回となく出てくる。

私は、おしもというのはおしっこするところのように思う。その話を千夏ちゃんに言ったらば、

「私が今度教室に行って、先生、おしもというのはおまんこのことですか、ってきいてあげようか」

と千夏ちゃんは言った。

千夏ちゃんはその言葉を平気でつかうけれど、千夏ちゃんが言うと、学術用語をしゃべってるような高級ないい響きを持っているので、ぜんぜん不潔な感じも淫靡な感じもしなくて、明るくてとってもすがすがしいのです。

母親学級ではいろいろなことを教えてくれる。生まれたての赤ちゃんには、たまにお母さんのホルモンが残っていて、女の赤ちゃんの場合には、生理があったり、おっぱいが出ちゃったりすることがあるのだそうだ。

そんなときには、お母さんがおもしろがって、お客さんが来たりすると、

「ほら、うちの子はおもしろいのよ」

なんて言ってピュッピュッと出させたりすると、いっぱい出てきちゃって、それが癖になるのだそうだ。だからおもしろがっちゃいけなくて、ほうっておけば治るのだそうだ。

私は母親学級に行ってほんとうによかった。そうじゃないと、知らないで赤ちゃんのお

っぱいで遊んじゃったり、生理になったら赤ちゃんのことを、もう結婚できる体になっちゃったと思うことでしょう。

それから、二度めの子どもをすぐつくりたくない人は、と言って、先生が避妊のいろんな道具を見せてくれた。

私の見たことがないものがたくさんあっておもしろかった。その中の避妊リングというのは、子宮の中にリングを入れるもので、避妊用具はどれも完全というのはなくて、リングの場合は、それを入れたまま妊娠すると、赤ちゃんのおでこにリングがピッタリくっついてオギャアオギャアと出てくることがあるのだそうだ。

友達が集まって、ベビーシャワーというのをしてくれた。

「はい、これ、ベビーシャワー」

と言って渡してくれたのは、大きな箱が二つだった。

私はてっきりシャワーをくれたのかと思って、シャワーなんか二つももらってどうしようかと思った。よくきいたら、ベビーシャワーというのはアメリカの習慣で、女の友達が集まって、妊娠した友達が八か月になったらお祝いにプレゼントすることなのだ。

二つの包みを開けてみたら、中身はシャワーじゃなくて、赤ちゃん用品がぎっしり。私

が赤ちゃんになりたいくらい、いろんなものが入っていて、なにしろ赤ちゃん用品のすべてなのだ。おしめからおくるみからベビードレスから靴下、手袋、よだれかけ、哺乳びんから体温計から綿棒まで入っていた。

かわいいおくるみを見ていると、この中にどんな顔が入るのだろうと思う。みんなからもらった手前、責任重大で、あんまりまずい顔は入れられなくなっちゃう。

このプレゼントは、ジャズシンガーの後藤芳子さんのアイディアで、外国から取り寄せたカードにみんなの名前が書いてある。後藤さんと白石冬美さんが代表で買い物に行ってくれたのだった。

このほかにも、夫の友達の奥さんたちから、いろいろと親切にしてもらっている。その人たちはみんな妊娠、出産の先輩なのですが、私が妊娠していないころは、私に話を合わせるみたいにして子どもの話なんかしたことがなかった。妊娠してからは、その人たちと会うと話が合っちゃうし、彼女たちの妊娠中の出来事とか体の変化などを、いろいろと聞くことができる。女どうしのつきあい方にもいろいろあるんだということを発見した。

マタニティドレスのきれいなのをたくさん貸してくれた人が三人もいる。どれもすてきなドレスだからがんばって着るようにしているのだけれど、残念なことにはみんな私にはきついのだ。だから私はみんなよりおなかが大きいことは確かで、しかも下のほうに出っ張っている。人からもそう言われる。

ひょっとすると、すごく頭でっかちの子どもが入っているんじゃないかしら。

ベビーベッドも、友達からのおさがりがもう届いている。

このベッドは友達から友達へ、もう四代めになるそうだ。いろんな赤ちゃんが寝たベッドだ。

今、私の寝ているすぐ横に赤ちゃんベッドが置いてある。今はからっぽだけど、このベッドはこれから生まれてくる人を待っているのだ。そう思うととても不思議だし、責任重大に感じるのです。

私の心はヴァイオリン

デューク・エイセスのリサイタルに行こうと、タクシーに乗った。

「厚生年金ホールへお願いします」

と私は言ったのに、

「厚生年金病院ですね」

と運ちゃんが言う。

「いいえ、厚生年金ホールです」

と私が言うと、

「病院じゃないんですか」

とまた運ちゃんが言う。私が、

「あと一か月出ませんよ」

と言うと、

「いやあ、陣痛かと思いましたよ」

と運ちゃんが言った。

病院に定期健診に行ったときのタクシーの運ちゃんは、

「もうそろそろですね」

と言った。

そのときもまだ一か月とちょっとあったのに、あんまりおなかが大きいのが恥ずかしかったから、一か月おまけして、

「あと一週間です」

と言ってしまった。

近所の乾物屋さんでも、ちょっと買い物に行かないで、しばらくして顔を出すと、

「もう産まれちゃったのかと思いましたよ」

と言う。だからもう早く出ないとみっともなくなっちゃうのです。

魚屋では、魚屋のおじさんが会うたびに、

「まだかね」

と言う。その魚屋のおじさんは、

「いい赤ちゃんが出るように」

と言っていつもまけてくれる。

そのおじさんはもうヨレヨレで、歯が全部取れちゃってパクパクしているのに、

「うちの母ちゃん、今二か月なんだよ」

と言った。

結婚して十三年めでやっと子どもができたそうで、ヨレヨレでグタグタだけど、目だけはとっても輝いている。

もう一人、魚屋連合の会長みたいなずうたいの大きい、プロレスラーみたいな人がいる。

その人が横から口をはさんで、

「おれなんか七か月で生まれちゃった未熟児だったんだぞ」

と言っていばっていた。

魚屋に買いに来ていたおばさんは、

「私は九か月で産んじゃったけど、子どもはとても元気よ」

と自慢していた。


ある日、いとこから電話があった。いとこというのは父の弟の子どもで、もう長いこと会ってない。私がじゃじゃ馬でいちばんすごいころに会ったきりだ。三人兄弟みんな男で、もうみんな結婚している。

魚

電話してきたのはいちばん上のいとこで、いきなり、

「おいレミ、赤んぼ産むんだってな」

と言う。

「お前、子宮がついてたのかよ。こんなに珍しい、こんなにめでたい話は聞いたことないから、三人でプレゼントするからな」

と言った。私はいとこに、

「もしかしたら死産かもしれないから、産んでからでいいよ」

と言ったら、

「バカ、お前なんてこと言うんだ。そんなこと、口が裂けても言うもんじゃないぞ」

と怒られてしまった。何年も会ってないのに、やたらいばった口をきいている。


実家にちょっと帰った。父の知り合いの若奥さん二人が遊びに来ていた。両方とも九か月めの子どもを抱いている。私は赤ちゃんを代わる代わる抱いた。妊娠してから赤ちゃんを抱いたのは初めてだった。

妊娠する前に何度も赤ちゃんを抱いているけれど、妊娠する前と妊娠してからでは、赤ちゃんを抱く自分の気持ちが、まるで違うのだ。前はあんまりかわいいとも思わなかった

のに、今抱いたらば、肌がすべすべしていて、体がグタグタで、私のほっぺたに赤ちゃんの顔をぴたっとおっつけると、柔らかくて、あたたかくて、天使みたいで、平和のかたまりみたいで、抱いているとほのぼのとしてきて、桃代を抱く感じとはちょっと違うなと思っちゃった。

二人とも、赤ちゃんを馬車みたいなかわいい乳母車に乗っけて、日の当たる静かな道をカラカラ押しながら帰る後ろ姿を見て、女の人が赤ちゃんを産んでお母さんになるっていうのはいいもんだなあ、私ももうすぐこうなるのかなあと思った。

その日の晩、横尾忠則さんから父のところに電話があった。父とさんざん話してから、

「ちょっとレミさんと替わってください」

と言ったそうで、私が電話に出た。

「どうしてここにいること知ってるんですか」

ときいたら、横尾さんは、

「あれ?」

と言って黙ってしまった。

「そういえば誰にも聞いてないね。なんだか知らないけどわかっちゃった。おっかないから電話切ろう」

と言う。横尾さんは、

「妊娠するとテレパシーが発達して、それを受け取る力も発達するけど、送る力も発達するんで、でもそれは和田君に伝わらなくちゃいけないのに、どうしてぼくに伝わっちゃったんだろうね」

と言った。うちへ帰ってから、夫に、

「横尾さんと何か話さなかった？」

ときいたら、

「しばらく話してない」

と言った。


友達のれい子ちゃんの知り合いに八十三歳のイギリス人のおばあさんがいる。銀髪でアイシャドーをつけた品のいいインテリのおばあさんで、もうろくなんてしてなくて、英語を教えているし、腰も曲がってなくて、ハイヒールをはいているスマートな人である。

このおばあさんがうちに来て、いろいろ話をしてくれた。夫も死んで、息子も六十過ぎて死んで、今はひとりでマンションに住んでいる。孤独なのに悟っているから明朗で忙しそう。

この人は、この世は学校だと言う。人が生きているのは、勉強に来ているのだと言う。勉強をしなくてもよくなった人があの世に帰るのだそうで、だからこの人は、死ぬという言葉をつかわない。帰ると言うのだ。人が死ぬのは悲しいことじゃない、卒業したのだからいいことだ、と考えている。だから息子が死んだときも涙をこぼさなかったので、周りの人からはずいぶん冷たいお母さんだという目で見られたそうだ。

この人の言うには、あの世に帰ってからもっと勉強したくなった人の魂が、妊娠したおなかにパッと宿ってこの世に戻ってくる。だからあなたの赤ちゃんは、このすばらしいおうちに来たくてしょうがなかったんでしょう。いい子が生まれますよ。

たどたどしい日本語だけど、人生の経験をいっぱい積んだ八十三歳のおばあさんにこんなふうに言われると、なんだかとっても頼もしくなった。

黒柳徹子さんは、胎教用の贈り物だといって、私の顔の絵を描いてくれている。油絵である。黒柳さんは、ある日突然、油絵の道具が買いたくなって、すぐ買ってから油絵を描きはじめ、二枚めの絵が私の肖像画なのだそうだ。ローランサン風に描いてくれて、とってもすてきで、あんまり美人に描いてあるので、私は絵に合わせて整形でもしなくちゃならない。それにしても、出産の贈り物はあるけど胎教用の贈り物というのは生まれて初めて聞いた。

庄司薫さん夫妻のうちへ夫と二人で遊びに行った。奥さんの中村紘子さんは秋の演奏会シーズンを控えてものすごく忙しい真っ最中なのに、鶏料理とカレーライスをごちそうしてくれた。

両方とも本格的なインド料理で、カレーは営業用なべに六十人分も一度に作っちゃうのだそうだ。たくさん作ったほうがおいしくなるということで、ほんとうにものすごくおいしかった。ピアニストだけあって、料理も後かたづけもリズミカルにどんどんやって、機敏で、見ていてすがすがしかった。

ごちそうがすんでデザートがすんで、くつろいでお酒というときには、さっと別の部屋に行って次の日のコンサートの練習で、防音装置の向こうから、かすかにピアノがポロポロと聞こえた。コマーシャルのネスカフェよりうんと優しい感じの奥さんだった。いろんな奥さんがいるなあと思った。

庄司さんは、

「今は掃除も洗濯も楽だから、主婦でも自分の時間がたくさんあるけど、出産と育児だけは昔も今も同じ時間がかかるからね。今の時間とレジャーに慣れた若い女の人にとっては、出産と育児はたいへんなことだろうね」

と言った。

帰りに奥さんから、ショパンを弾いたレコードをプレゼントしてもらった。サインに私たち夫婦の名前を書き、その横に「?さま」と書いてくれた。子どもがもらった最初のサインになった。

庄司さんは安産のお守りをくれた。「熊野権現速玉大社」と書いた四角い布で、それを今、腹帯の下にやっている。

母親学級は無事卒業した。

最後の講義は、無痛分娩の役目についてだった。痛さというのは精神的なもので、不安がなければ痛さも消えるのだということだ。それには補助動作が大切で、これを上手に説明してくれた。たとえば時計と本との関係である。

本を夢中になって読んでいると、時計のカチカチいう音が全然気にならない。あんまりおもしろくないと、カチカチいう音がとっても気になってしまう。時計を陣痛に、本を補助動作に置き換える。補助動作とは呼吸法とかいきみなどのことで、それを上手に使うと陣痛が気にならなくなるのだという。

教室で出産のフィルムを映した。これを見ると、一人の人間をこの世に送り出すための苦痛とか、いきみをしているときの汗だくだくの母親の表情はすごく美しいものだ。

私はちょっと恥ずかしいものだと思っていたけれど、とんでもない。あんな荘厳な儀式はない。真剣勝負だ。オギャーと産まれたシーンでは、みんな洟すすったり、ハンカチで目をぬぐったりしていた。私も泣いた。

無事でないことを一つやってしまった。

あと一月というのに出血したのだ。私はすごい便秘症で、少し下剤を飲んだけど、あんまり出ないので頭に来ちゃって、普段の倍も飲んでしまった。そしたらとってもおなかはすっきりしたけれど、夜になって懐かしい血が出てきちゃった。

びっくりして安静にしていたけれど、次の日も出たから、先生に電話をした。そしたらあっさりと、

「あなた、下剤飲んだら、そりゃ陣痛が来ますよ」

と言われてしまった。

私はもう陣痛が来るかとすごく緊張して、おなかばっかり気になった。全く妊娠は厄介なものだ。出産の先輩である妹が、いつでも病院に行けるように、ひとそろい出産準備の荷物を造ってくれてある。だからいつ陣痛が来ても出発できるのだが、この出血騒ぎはどうにか切り抜けた。今は先生にいわれたとおり、エビオスを飲んでいる。

予定日は十二月十五日だけれど、永さんは、

「三億円事件の時効の日に合わせれば。そうすれば世の中の人が一生忘れないから」

と言う。私もすぐその気になっちゃって、じゃあ下剤飲んで十二月十日にしちゃおうかなあ、なんて思ったりした。夫は、

「その日だったら名前は三億とつけよう」

と言った。三億と書いてミオクと読ませるのだという。

「そしたら男の子でも女の子でも、ミオクちゃんなんて、ちょっとかわいいじゃないか」

と夫は言った。

「和田三億か、これはでっかくていいや」

と言ってからしばらくして、

「でもデノミになったらバカにされちゃうな」

と言ってとりやめた。

坂本九ちゃんに女の子が生まれて、これから名前をつけようというとき、夫が九ちゃんに言った。

「紬ちゃんというのはどう?」

つむぎちゃんというのはかわいい名前だから、九ちゃんもちょっとその気になった。

「苗字と続けて言ってみて」

と夫が言う。

九ちゃんの本名は「大島」。続けると「大島紬」になる。それでこのアイディアは採用にならなかった。

父はもう来年の年賀はがきを買ってきた。文を考えて印刷所に持っていく用意をしてある。孫ができたことを文の中に入れてあるので、生まれないうちは男か女かも書けないし、名前も書けないので、困った困ったと言っている。

印刷所の締め切りが十二月十九日なので、

「頼むから十九日までに産んでくれよ」

と父は言う。だから私はどうしても十九日までに産まないと、はがきがもったいなくなるのです。

夜明けのうた

十一月二十九日、駒沢にある「キッチンハウス」という店へ友達と一緒に見に行った。そこは台所用品が何でもそろっていて、台所のセットができている。日本のや外国のやいろいろで、夢みたいな台所ばかりあって、うちに帰ってくるのがいやになっちゃったほどだ。なんにも買わないで、夢ばかりもらって帰ってきた。

ずいぶん歩いたけど、その日はなんともなかった。

次の日、十一月三十日の日曜日、昼ごろ起きてトイレに行った。何かおしっこじゃないものがシャラシャラ出てきて止められない。

心配だから病院へ電話した。病院ではすぐ来なさいと言った。

私は病院へ行ったら当分うちへ帰れないかもしれないと思ったら、お湯を沸かしてシャンプーをした。ふけ取りシャンプーをつけて頭をきれいにした。体もごしごし洗った。

よくわからなかったけど、このシャラシャラ出ているのが破水というものかと思った。

夫がタクシーをとめるために外に出た。電車はストの真っ最中で、タクシーはなかなか来なかった。

病院の受付へ行くと、すぐ入院の手続きをさせられた。私は、まだおなかも痛くないし、予定日より二週間も早いし、元気でいつもと変わらないし、お医者さんに診てもらってから入院の手続きをしたいと言った。

受付の若い人は、

「とんでもない、すぐ入院ですよ」

と言った。私の体のことも知らないくせに何言ってるのかと私は思った。

手続きをすませると、三階まで案内された。そこは分娩室の控え室のようなところで、寝かされて話をきかれた。おふろに入ったことを言うと、しかられてしまった。こんなときはおふろに入ってはいけないそうだ。

七階の自分の病室までは、車いすで運ばれた。まだすごく元気だから、ラクチンで気持ちよかった。

夫は心配そうに待っていたが、入院が決定とわかると、荷物を取りにうちへ帰った。うちには妹が造ってくれた入院の荷物が用意してあるけれど、その日に入院かどうかわからなかったから、持ってきていなかったのだ。

夫が帰った間、私はひとりで寝ていて、シャラシャラは止まったし、陣痛はないし、私は元気そのものなのに、なんでこうしてなきゃいけないんだろうと考えていた。大病院ともあろうものが、何をまちがえちゃったのかしら、と思った。

退屈だから、枕元の電話で実家に電話をした。

「どこにいるんだ？」

と言ったら母は、

「え？　産まれるの？」

ときいた。私は、

「そうらしいよ」

と言った。


退屈な時間を過ごしているうちに、キューッとおなかが痛くなった。でもすぐやんで、ずっと平気だ。これが陣痛というものかな、いよいよ来たかと思った。これはおもしろい、時計を見ましょう。そして間隔を計った。母親学級で習ったことの本番が、これから始まるのかと思うと、うれしくてしょうがなかった。

時計を見ていると、正確に三十分に一回キューーッと来る。それは夕方から夜まで続いた。夫は荷物を持って戻ってきた。病院の夕食は終わっていたので、陣痛と陣痛との間に、夫が持ってきたパンをぱくついた。

夜になって両親が来た。両親が来たころは、痛みは十分間隔になっていた。みるみるうちに五分間隔、三分間隔になっていった。痛みは激しくて、自分で時計を見られなくなった。

三分間隔になったら分娩室へ、ということなので、ブザーを押して看護婦さんを呼んだ。すぐ車いすが来て、私を三階の分娩室に運んだ。そのときは、あまりの痛さに手も足も顔の表面もしびれてしまって、口もガクガクして合わさらなくなって、よくしゃべれなかった。

母が分娩室の入り口までついてきた。

「しっかりね、レミちゃん」

と母が言った。

また分娩室の控え室に入れられた。分娩台に行くのは、ほんとうに子宮口が開いてからなのだ。陣痛の間隔はまた遠のいたりした。もう真夜中だったからスーッと眠たくなる。陣痛のないときに一瞬眠って、また痛みが来ると夢中で腹式呼吸をする。せっかく母親学級で練習したのに、いざ本番になると、あんまり痛いし、痛みはいきなり来るし、痛さと眠さが同時に襲ってくるから、あわてちゃって、おなかをへっこますときに出っ張らしたりしてまちがえてしまうのだ。

夜中になってから父は帰り、母と夫が病院に残った。母は私のことをものすごく心配していたらしい。それは、前にも書いたことだが、私の兄のお嫁さんが分娩室で死んだからだ。

私が部屋で痛がっていると、同じように陣痛の人がもう一人来た。

私はいつもだったら、

「痛いですねえ」

とか言って話しかけるのに、それどころじゃなかった。顔を見る余裕もなく、その人の動く気配を感じるだけで、私はよけい痛くなる始末。

看護婦さんが様子を見に来る。

「出てくるような気がしますか」

ときかれる。

何回めかに、ほんとうに出てくるような感じがした。それで分娩室に行った。

もうろうとしていてよく覚えていないけれど、真っ白い服に着替えさせられた。目も覚めるくらい、明るい部屋だった。

分娩台の上で、また陣痛の間隔が長くなった。ふとんを掛けられて、私は眠った。そこで眠たさと痛さのときを何時間費やしただろうか。ベッドの横に点滴の用具をつるすためのパイプがある。

目が覚めると、私はそのパイプをしっかり握っている。何かつかまるところがないとだめなのだ。頼れるものはそれだけ。痛さをそれに伝える気持ちだ。

なにしろ、すいかくらい大きな固い固い化石のようなものが、おなかから外へグッグッグッと勝手に出てくる感じなのだ。それを自分も一緒になって押し出そうとする。そのためにいきむ。

両側にある取っ手を力一杯握って引き寄せる。両足をふんばる。この世の痛さとは思えない。死んじゃうと思った。

この次にいきんだら、内臓も脳みそも、靴下を裏返すように、全部裏返って出てきちゃう感じがして恐ろしかった。

よその分娩室から、

「ギャーッ」

とか、

「ヤメテー」

とか、

「死ンジャウー」

とか、

「モウダメー」

とか、いろんな声が聞こえてくる。

それを聞くと、今の私よりもっと苦しいことが待ってるのかと思って、恐ろしくてたまらなかった。でもしばらくして、

「オギャー、オギャー」

と赤ちゃんの声が聞こえると、救われた気持ちになって、私はまたスーッと眠った。

ほかの人は私より後から分娩室に入って、先に赤ちゃんを産んでいく。私は取り残されたようで悲しくてたまらなかった。

もう朝になっていた。誰にも頼れない。自分の力しかないのだ。産まなければこの痛さは終わらない。

「もう赤ちゃんの頭が見えてますよ。あなたさえ力を入れれば出ますよ」

と言われる。それでも一晩苦しんで私は力尽きていた。

看護婦さんが、

「お母さんからメッセージですよ」

と紙切れを見せてくれた。メモ用紙に大きな字ではっきり読めるように、

「レミちゃんへ。口を結ぶとおなかに力が入りますよ。母」

と書いてあった。看護婦さんたちは、

「いいお母さんですねえ」

と回し読みしていた。私はうれしくてポロポロ涙が流れた。

母の手紙が私に力をくれた。

私は、

「出ちゃう出ちゃう」

と叫んだ。先生は、

「出ていいんですよ」

と言った。

一瞬シーンとした。私も気が抜けた感じでスーッとなった。ああ出たんだなあ、と思った。もものところにひもみたいなものがひらひらしている。これがへその緒かな、と思った。まだ泣き声が聞こえない。

「泣かないんですか」

と私は先生にきいた。

「もうすぐ泣きますよ」

そのうち、

「オギャー、オギャー」

と、かすれた低音の泣き声が聞こえた。

「男の子ですよ」

と先生が言った。

十二月一日午前十一時だった。

看護婦さんが、赤ちゃんを見せてくれた。全身紫色の、金時のさつまいもとおんなじ色をしていた。それに片目つぶっている。

私はびっくりした。全身打撲でもうすぐ死んじゃうんじゃないかと思った。私が、

「わあ紫色」

と言ったら、看護婦さんは笑って、

「ピンク色ですよ」

と言ったけど、あれは絶対紫色だった。私が寝ている顔のすぐ上におちんちんがあった。きまりが悪いくらい大きく見えた。

私がもうろうとしていると、婦長さんが、

「がんばりましたね。ご苦労さま」

と言ってくれた。私はそのときはじめて我に返って、

「どうもありがとうございました」

と言った。

私は感無量で涙がたくさん出た、大任を果たした喜びと、安らかさと、優しさがあった。平和で、抜け殻だった。放心状態でもうろうとした頭の中に、夫や両親やみんなの待っている顔が浮かんだ。そのまま分娩台の上で一時間眠った。

「ご飯ですよ」

と起こされた。おにぎりと梅干しとお茶が運ばれた。ご飯をあんなにおいしいと思ったことはなかったけれど、早く夫と母に会いたくて、気がせいてあまり食べられなかった。

ネグリジェに替えてもらった。体をふいてもらって、寝台に移されて、そのまま分娩室から運び出された。分娩室の入り口に、夫と母が待っていた。

二人を見たら、また涙がいっぱいこぼれた。

陣痛が来てから出産まで十四時間かかった。

ふつう、世の中で「お産は痛いわよ」と言う。実際はそんなものじゃない。その百億倍

は痛い。びっくりした。でも地球上の何億というお母さんがこの痛みを経験したことを考えれば、なんでもないと思わなくちゃいけないのかしら。

女ってすごいなあと思う。あの痛さを男に知ってもらいたい。それにしても、もしあの痛さがなければ、もしいい気持ちだったらば、世の中は人口が増えて増えてしょうがないでしょう。


赤ちゃんの体重は二、九六一グラム。標準より少し小さめだった。

予定より二週間早かったからしかたないのかもしれない。私のおなかはとても大きかったのに、赤ちゃんのほかに何が入ってたんだろう。

次の朝、朝食をとりに食堂へ行った。お母さんになりたての人たちが、食欲もりもりで楽しそうにご飯を食べている。心ときめいて外を見たら、見晴らしのいい日で、真っ白な富士山がビルの向うにドーンと見えた。爽快で、幸せで、すがすがしくて、すてきないい朝だった。

新しい人生が始まったと思った。

今日から私はお母さんなのだ。

病院にはそれから一週間いた。

二日めに中山千夏ちゃんの夫妻と白石冬美さんがお見舞いに来てくれた。

赤ちゃんのおちんちんが大きく見えた話をしたら、千夏ちゃんは、

「みんな、男だとか女だとかいうことを誇示しながら出てくるらしいよ」

と言った。感激して涙がこぼれた話をしたら、

「それじゃレコード大賞もらったときこぼす涙とおんなじじゃない」

と千夏ちゃんが言った。私は、

「そんな安っぽいもんじゃないよ」

と言った。

三日めから赤ちゃんは私の部屋に来て、一緒に寝ることになった。赤ちゃんを最初に抱いたのは夫だった。新生児室から赤ちゃんが運ばれてくる。長いベッドに赤ちゃんが五、六人、縦に並んでいる。看護婦さんがそれぞれのお母さんの部屋へ配って歩くのだが、夫がちょうどロビーに出ていたところに、そのワゴンが来た。夫はその中から自分の子どもを言いあてて、抱いて部屋に入ってきたのだった。宝物のはれものをさわるように、ぎごちない格好で抱いて、そろりそろりと部屋に入ってきた。

父は私に、

「母性愛は出たか」

ときく。

私は母性愛よりも、赤ちゃんがかわいいというよりも、この子を私が産んだのかという、不思議な感じばかりだった。父は、

「お前は冷たいな」

と言い、毎日毎日病院に電話をかけてくる。

「今日は出たか」「もう出ただろう」

ときく。まるで便秘だ。私はだんだんあせってきた。私は冷たい人間かしら、と思った。でもそのうちに、出てきた出てきた。毎日おっぱいをやっていると、飲みながら笑い顔を見せる。まだ目も見えないのに、何がうれしいのかと思うと、もうたまんなくなるほどかわいい。

おっぱいの出はそんなによくないので、ミルクと半々にしている。お見舞いに来てくれる人たちの前でも、平気でおっぱいを出して飲ませる。私は今までおっぱいなんて兄妹にも見せたことはないのに、その日から平気になってしまった。見るほうも平気らしい。おっぱいを飲ませた日から、それはもう、バストじゃなくて、哺乳びんと同じになってしま

うのだろう。

名前は「唱」と決定。夫が命名した。私のレミは、ドレミからとったのだから、私の子どもは唱歌の唱なのです。姓名判断の本を貸してくれた人がいて、そんな本があると無視するわけにはいかないので、つけるのはむずかしかったらしいが、この名前はその本では「無から有を生じる」縁起のいい画数なので、その点でも安心だった。

夫は病院とうちの間を何度も往復して、私が欲しがるものを運んでくれた。

「おれは荷物運びしか役に立たねえなあ」

と言う。あとから読んだ『スポック博士の育児書』にも、

「だれもかれも、ただもう赤ちゃんをかまうばかりで、父親ときたら、まるで荷物運びの赤帽ぐらいにしか見てくれないのです」

と書いてあった。

退院の日に、看護婦さんにさよならを言ったら、看護婦さんは、

「さあ、これからが戦争ですよ」

と言った。

愛の讃歌

退院の日、うちの赤ちゃんを夫が抱いて病院の玄関から外に出た。

小雨の降る寒い日だった。車に乗るまでのちょっとの間だったけれど、赤ちゃんはキュッと顔をしかめた。赤ちゃんにとって初めての外の空気だった。

ハイヤーでうちに帰る道、いつも通っている道なのに、全然違う景色に見えた。

うちに荷物を降ろして、私と赤ちゃんはそのまま車で実家に帰った。実家は松戸なので道は遠くて、高速道路はこんで、排気ガスがいっぱいだった。赤ちゃんは生まれてすぐにこんなに悪い空気を吸って、かわいそうだった。

松戸に着きました。

さっそく脱脂綿や哺乳びんの煮沸消毒やらいろいろの準備に大わらわ。といっても自分はまだ安静にしていたほうがいいので、何もできないから、母に全部やってもらうのだけれど、なにしろ母にとっては三十年前にやったことなので、さっぱりはかどらない。

私は横になったまま母の様子を見ていると、まどろっこしくて、そのうち赤ちゃんはギャアギャア泣くし、煮沸はまだできないし、私はカアカアカッカカッカして、母に向かってどなったり怒りちらしたりした。

いよいよ哺乳びんにミルクを入れるときになって量ろうとしたら、哺乳びんの目盛りはミリリットルになっている。病院で使っていた哺乳びんはccなので、ミリリットルとccの違いがわからない。私はまたカアカアした。

タケコちゃんが雨の中を薬局にききに行ってくれた。タケコちゃんというのは、子癇で死んだ兄嫁の姉さんで、その日は私の退院を手伝いに来てくれていたのだ。薬局では、ミリリットルとccは同分量だと教えてくれた。それでも私は心配で、今度は病院に電話した。病院でも、同じですよと言った。

私はまだ心配で、なんで私はこんなに疑い深くなったのだろう。今までは何でもいいかげんにやってきたのに、今度は静岡にいる妹のミカに電話をしてきいた。そしたらやっぱり同分量だと言うので、やっとほっとした。

私がカアカアしちゃった、と言ったら、妹は三人の子持ちだから、すごく軽く、

「リズムに乗ればなんでもないわよ」

と言った。

赤ん坊はぴったり三時間おきに泣く。泣くたんびに夜中でも母が起きてくる。そしてス

200
150
100
50

トーブの火をつけて、私にガウンを着せかけてくれる。私がおっぱいをあげる間、ずっと見ていてくれる。私は昔っからネボスケで、そのことを母はよく知っているから、赤ん坊が泣くと私がすぐ起きるのを見て母は、

「よくやるわね。やっぱり母親になると違うわね」

と言った。

「大変ね。ご苦労さま」

とも言ってくれた。


猫の桃代はかわいそうだった。うちの中の様子が違って、赤ちゃんのいる部屋には一歩も入れさせてもらえないし、前よりも人間がかまってくれない（うちのアパートでは猫を飼ってはいけないことになったので、今は実家にひきとってもらっているのです）。

私が赤ちゃんを抱いて桃代とすれ違ったらば、ウーウーとうなった。そんなこと一度もしたことがないのに。桃代はばかじゃないから、自分よりかわいいものがうちに来たと思うのかしら。子どもを産む前は、私は猫と子どもとどっちがかわいいだろうとか、産んでからは、かわいさがいつ逆転するのだろうかとか思っていた。でも桃代は桃代でいつまでもかわいいし、あんなかわいい生き物はいないと思う。子どももでまたこれが今ま

で味わったことのないかわいさで、猫と比べることはできない。

桃代は利口だから、赤ん坊をかじったりはしないだろうと思うけれど、もし赤ん坊のベッドにのって、あったかいから赤ん坊の胸の上で寝て窒息でもさせたら大変だ。それで、夫が桃代を家に連れていった（アパートの大家さんに了解してもらった）。人間の実家は松戸で桃代の実家は青山で、それぞれ実家へ引き上げたのでした。

赤ん坊と猫が交代で家と実家を行ったり来たりすることになった。

父は私が来た日から十日間も、一歩も外へ出ないで赤ん坊の顔を見っぱなしで、ちょっとでも赤ん坊が目を開けるともう大変、もったいないもったいないと言ってまた顔をじっと見ている。

赤ん坊の顔を見ていると、無心さにひかれて、どんどん心がきれいになるみたいだと言ったり、長いことおふろにつかって出てきた後みたいに、うっとりほのぼのしたいい気持ちだと言ったりして、よだれがたれそうな顔してながめている。

母は母で、般若心経が大好きで毎朝毎晩仏壇に向かって拝んでいたのに、「赤ちゃんは神様とおんなじだから、赤ちゃんを見ているとお経をあげているのとおんなじ」と言って、お経を唱えなくなった。

沐浴は父がさせた。夕方になると、

「ふろだ、ふろだ」

と言って、さっさと自分でおふろを沸かしに行く。ていて、赤ん坊と一緒におふろに入って、

「どうです、この顔。いいねえ。すばらしいだろう」

と言う。まるで自分が産んだみたいだ。

私が赤ん坊をかわいいかわいいと言うと、父は、人前ではみっともないから自分の子どもをあんまりかわいいと言うな、と言うくせに、お客さんが来ると、

「どうです。すごくかわいいでしょう」

と自慢げに言う。


生まれて十日めに、夫が出生届を出しに行った。

「今日から唱は日本人だぞ」

と夫が言った。夫は三日に一回くらい子どもを見に来た。私が、

「かわいいでしょう」

と言うと、夫は、

「赤ん坊はみんなかわいいよ」

と言う。あんまりうれしそうな顔をしないから、私は産んで悪かったかしらと思ったけ

れど、初めのうちは、うれしいというより不思議だという感じが多かったらしい。

よく寝てくれるし、ミルクも三時間おきに飲んで、順調そのものだったのに、ある日、だっこしていたら、笑い顔したのに次の瞬間、両手を広げておびえた顔をして、いきなりキャーッと悲鳴をあげた。その日はそれだけだった。

おびえるような心当りはなかった。それが三日に一回、二日に一回、それから二日続けてそれをやった。

私はもう心配で、脳の病気じゃないかしらと思った。

病院に電話して、脳の病気を調べるのはどうするのですか、ときいた。そしたら脊椎から何か液をとって調べるのだという答えだったから、私はもう恐ろしくて、かわいそうで、こんなちっちゃな子に針の太いのを刺して液をとるなんて、私が代われるものなら代わってあげたいと思った。

私は神様に手を合わせた。勝手なもので、神様に手を合わせたことなんかないのに、こんなときだけ神様にお願いするのだ。

ほんとうに母性愛が出たのはこのときからだと思う。

父の知り合いの小児科の先生に電話して、赤ん坊の様子を話した。先生は、

「かわいがってみんなが抱くでしょう。ほおずりしたり、いろんなことしてかまいすぎる

でしょう。赤ちゃんは、おなかの中にいるときは湖みたいに静かな状態でいたのだから、いきなりやかましくするとそんなふうになるのは当たり前ですよ。それはカンの虫というものです」

と教えてくれた。

それからは静かに、あんまりかまいすぎないようにしたから、カンの虫はすぐおさまったけれど、実家は来客が多いし、みんなが見たり抱いたりしたがるから、そろそろうちに帰ることにした。

産後は私が楽をしようと思ったから、母にめんどうをみてもらっていたのだが、母は少し疲れてきたらしいし、私も元気が出てきたので、ほんとうはお正月を実家で過ごす予定だったのだけれど、暮れのうちに引き揚げた。

唱と桃代がまた入れ替わった。

うちに帰ると、お祝いがたくさん届いていた。ベビー服もあった。ベビー靴もあった。おもちゃもあった。お人形もあった。食器もあった。天井からつるすガラガラもあった。

唱が誕生した日の新聞とその週の週刊誌をたくさんそろえてくれた人もいた。

いちばんユニークな贈り物は、永六輔さんと八木正生さんのプレゼントで、永さん作詞、八木さん作曲でデューク・エイセスが歌ってくれている唱のための歌のテープだった。
「ウェルカム　ミスター　ショウ」という題です。

君は僕たちの小さな仲間
さあ早く立ってさあ早く歩け
そして一緒にお酒をのもう
そして一緒に歌を歌おう
ワンダフル　ショウ！
ビューティフル　ショウ！
世界は君のワンマンショウ！
君は宇宙のグレイトショウ！
ようこそ唱ちゃん
ようこそ唱ちゃん
ようこそ唱ちゃん
ウエルカム！　ミスター　ショウ！
WE ALL WELCOME SHOW！

うちへ帰った次の日は、私たちの結婚記念日だったので、外へご飯を食べに行った。前ならいつでもすっと出られたのに、今は唱にミルクをたっぷり飲ませて寝かしつけてから出なければならない。そして次に目を覚ますまでには帰ってこなければならない。そうやって行って帰ってきたのだけれど、その話をすると友達はみんな、

「大胆なことするわね!」

とか、

「生まれたばかりの赤ちゃんをおいてよく出かけられるね!」

とか言う。

「その間に火事や地震があったらどうするの」

と言う人もいる。

そんなことを聞くと心配になっちゃって、出かけられなくなってしまう。やっぱり育児本位の人生になってしまいそうだ。赤ちゃんはかわいくてしょうがないけど、家庭にだけ閉じこもっているこれからの自分を想像すると、それもつまらない。

新聞を見ると、最近は子どもの記事ばかり目につく。赤ちゃんの事件ばっかりあるような気がする。五つ子は明るいニュースだけれど、そうじゃなくて、赤ちゃんを殺したりするような、暗い残酷な話がとても多い。でもそれは昔からあったことらしいけれども、自

分が母親になったから、そういう記事ばかり目につくのだろう。

妹は電車に乗っていて、赤ちゃんを連れた人がいると、

「何か月ですか？」

といきなり知らない人にきく。

私はなんてなれなれしいんだろうと思っていた。ところが自分の番になってみると私もちゃんと妹とおんなじようになった。

買い物に行ったときなど、赤ちゃんを連れた人と親しっぽく口をきく。赤ちゃんを持っている人はみんな同類という気がするのです。子どもを産む前は、世の中の母親たちは、自分とは無関係のはるか遠くの人だった。

向こうもそう思うらしくて、今まで遊びに来たこともない夫の友達の奥さんたちが、私に赤ちゃんができたとたんに、

「見せてちょうだい」

と言って、自分の子どもを連れてやってくるようになった。

子どもがどっちに似てるかということは、いろいろな説がある。

私に似てるという人もいるし、夫に似てるという人もいる。私も誰に似ているのかさっ

ぱりわからない。

日によっても、時間によっても顔が変わるし、きげんがいいかどうかでも全然違った顔になる。西洋人の血が八分の一入っているはずだけれど、どうもそんな様子もない。でも、私の父によく似てるという人もいる。

おふろは毎日夫が入れている。上手に入れるらしくて、泣いたことがない。

ある夜、おふろの中で夫が抱いている赤ん坊がウンチをした。ちょうどかきたまのようで湯ぶねにプカプカ浮いていた。夫はそれを洗面器ですくって捨てている。

「あのウンチ、全部私のオッパイよ。汚くないでしょ」

と私。

夫は文句ひとつ言わず、しばらくかきたまの中に赤ん坊と浸かっていた。

夫は時々おむつも替えてくれる。夫の友達はみんな、信じられない、と言う。イメージが狂っちゃった、と言う。

私は今、五五キロ。唱がおなかにいるときの最高は六三キロ。妊娠する前は四二キロだった。一三キロ余分に肉がついて元に戻らない。洋服がみんな着られなくて、スカートをはこうとしてもおしりでつっかえてしまう。これをなんとかするのが、今の重大な課題。

唱は一月に一回、保健指導を受けに病院に連れていく。一月めに四、三二〇グラム。二

月めは五、五〇〇グラムで、生まれたときの倍近くになった。身長は約八センチ伸びた。

ミルクしか飲んでないのに、それが肉になったり、まつげになったり、つめになったり、ウンチになったり、鼻くそになったりするのが不思議でおもしろい。

もう目が見えて赤いものを目で追ったり、アッコンなんて言ったりする。

おっぱいとミルクをあげる。果汁を作って飲ませる。哺乳びんの煮沸消毒。粉ミルクを量って用意する。ミルク用のお湯を寝室に用意する。湯たんぽを入れる。ふとんを干す。おむつを替える。洗濯。ガーゼの消毒。おふろ。オリーブ油をおしりにつける。着替え。耳掃除。つめを切る。発疹が時々できるので薬をつける。

その間に、二人のご飯を作ったり、掃除したり、買い物に行ったり、あれやこれやで母親というのはなかなか大変な仕事だ。その上にもう一人小さな子どもがいたら、ほんとうに大変らしい。

私はまだ子どもは一人だが、母親一年生としては手いっぱいです。

ほら、また泣いた。

レミちゃんのこと　黒柳徹子

この本をお読みになれば、みなさんは平野レミさんという人が、どんなに天衣無縫で、純粋で、可愛くて、感受性が豊かで、そして、面白いか！　ということは、すぐおわかりになるに違いない。

例えば、この文章を書くとき、私がレミちゃんの家に電話して、「あなた、御主人の和田誠さんと、どんな風にして逢ったんだっけ？」と聞いたら、少しハスキーな、そして、この上もなく明るいレミちゃんの声が、瞬間的に、こういった。

「私が久米宏さんと二人で、ＴＢＳラジオの〝それ行け！歌謡曲〟の中の〝ミュージックキャラバン〟という番組に出てるの聞いてね、和田さん、『これは嫁にすべきだ！』と思って、久米さんが知り合いだったから『紹介してよ』って頼んだんだって。そしたら久米さん、『絶対、紹介、レミちゃんのことしませんよ、あんな出歯！　しようがないですよ!!』って。久米さん真剣にいうんだって。そのとき、すぐ紹介してくれてれば、お歳暮も、お中元も、あげるのにね！　それでも和田さん、へこたれないで、ディレクターの橋本さんも知ってたから、頼んだんだって。橋本さんも、『僕は責任もてませんよ』っていったんですってよ。それでも、紹介してくれることになってね。で、私、久米さんに『和田さんに逢うよ』っていったら、『行ってもいいけど、たいがい男は〝僕ん家、こない？〟ってさそうけど、行っちゃいけないよ』って。本当！　和田さんも、そういった！　で、私、行っちゃった。ハハハハハ。でも、そのとき、久米さんにね『和田さんて、どんな顔してる人？』って聞いたらね、『立川談志をギューッと、つぶしたような顔の人』っていったんだけど、本当にそうなの。すぐ、和田さんて、わかった。で、気が合っちゃってね、一週間で結婚だもん」。（本当に私は、こういう楽しいレミちゃんを、素敵だと思うんです）

結婚して十一年だけど、今でもレミちゃんは、御主人のことを「和田さん」と呼ぶ。

この二人の、初めてのお見合をした、TBSの地下のトップスというレストランで、偶然、その直前に、私は、ウロウロしてる和田さんに逢った。そんなわけで、そのあと、私が俳句の会で、和田さんと隣り同士になったら、小さい声で、「正月に嫁、来るかも知れない……」って和田さんがいった。私は、和田さんて、いつまでも独身でいる人のように思っていたから、とても、びっくりした。でも、本当に、嫁が来た。そして、和田さんが、「これは嫁にすべきだ！」と決めた通りの、最高の嫁だった。お料理なんか、しそうに見えないのに、実際は、手早くて、おいしいものを、次々に作った。でも、こんなことが出来るのには、凄い訳があった。

お父さまの、フランス文学者である平野威馬雄さんは、ご自分がフランス系アメリカ人のミックスということもあって、終戦後八年してから、エリザベス・サンダースホームのように、黒人や白人のミックスの子供たちの面倒を、自宅で見はじめた。家の中は、いつも、子供でいっぱいだった。そして、みんな雑魚寝だった。レミちゃんのお兄さんも妹も全部、「平等」ということで、他の子供たちと一緒に雑魚寝をさせられた。朝から晩まで、お母さんも面倒を見るので大変だった。そんなわけで、レミちゃんは、小さいときから、早く出来て、おいしく、安い料理を作ることに馴れていて上手だったのだった。

この子供たちの中には、のちにモデルから女優になった秋川リサさん、岸部シローさんの奥さんになった展子ちゃん、タレントの小山ルミちゃん、なんかもいた。それにしても、威馬雄さんは、親がいなくて就職できない子のために、すぐ、自分の子供として認知しちゃったんで、「今はいいけど、お父さん死んだら、遺産が無いからいいようなものの、子供がドッ!! と来ちゃうんじゃないか、って、お母さん、心配してる……」。

レミちゃんに、いろんな影響を与えたお父さま。レミちゃんがシャンソン歌手になったのも、お父さまが、いつもかけてたレコードが、そうだったからだし、フランス語が習いたくて文化学院に入ったのも、そう。お父さまは、八十四歳の今も、十六世紀の、難かしいフランス文学を訳していて、レミちゃんによると、「ますます、頭が冴えちゃうって、お父さん、自分でも、いってる!」。

この親子が「徹子の部屋」に来て下さったとき、何だか話が、結婚式になり、レミちゃんが、ツノカクシの話を始めた。でも、二人とも、ツノカクシという言葉が出て来ない。突然、レミちゃんが、「ああ、わかった、キンカクシ！」といった。隣りでお父さまが、「ああ、そうそう」。

今、和田さんの家には、八歳の唱ちゃんと、四歳の率ちゃんという二人の息子がいる。唱ちゃんは、赤ちゃんのとき、テレビに映ってる私を見て「レロレロ」といった。スーパーで、私のポスターを指しても「レロレロ」。私は、今まで、私についた、どんな仇名やキャッチフレーズより、このレロレロが好き。またレミちゃんは、下の率ちゃんが赤ちゃんのとき、毛皮の展示会に行き、売りもののチンチラの上で、おむつを替えて、注意されたりもした。

いまレミちゃんは、一ヵ月に二回、銀座の銀巴里で、子育てから解放されて、たっぷり、恋の歌を、うたっている。涙を流して、しっとりと歌う。独身のときより、悲しみも、よろこびも、深く歌えるようになった。

それから、月に一回は、玉川髙島屋のサロン・ド・グルメで、お料理を教えてる。家で作ってみて、和田さんが、「おいしい」っていうと、メニューにしちゃう。料理名は、題名付けの天才の和田さんがつけてくれる。たとえば、「豚眠菜園」。これはキャベツをお湯にくぐらせお皿に敷き、その上に、やっぱりお湯をくぐらせた豚肉を並べる。その上から、豆板醤、ニンニクのみじん、お醤油、ミリン、お酒などを混ぜた、ソースをかけたもの。本当に豚眠菜園で、和田さんらしいイメージ。その他にも、「大豆トリオ」とかユニークなものがたくさんある。

イラストの他に、文章家として、作曲家として、写真家として、また映画の生き字引きとして、ショウの演出家として、俳諧師として……、それこそ、和田さんほど、充実してる仕事をしてる人もいない、と思うけど、これには、いろんな意味で、レミちゃんが、いいパートナーだからだと、私は思う。

最後に、レミちゃんが、和田さんのこと、こんな風に、いってるってことを……。

そして、私は、これを聞いたとき、胸をうたれて、戻がとまらなかったのです。

「今日でね、和田さんて死んじゃう、って、いつも思う。あんまり、いい人だもの。この間の雪の日ね、子供が転ぶからって、ずーっと外でシャベルで雪かきなんか、やっちゃうの。ゴミの日もね、朝ねてても、だまって起きて、パジャマから、ちゃんと洋服に着がえて、ニッコリ笑って、やるんだから。子供の面倒も見るしね。ふつう、お金稼ぐ人って、家のこと、やらないんですって？　結婚しててよかった。こんなにいいんなら、小さいときから、やってりゃよかった！」

レミちゃん、これからも、おしあわせにね。この本、私、大好きです。

本書は、一九七六年五月十五日に文化出版局から刊行され、一九八四年二月十日に中央公論社より文庫化された『ド・レミの歌』を、カバーデザイン、本文レイアウトをリニューアルし、加筆修正のうえあらためて単行本として復刊したものです。

一部、今日の観点からみると差別的表現ととられかねない箇所がありますが、著者自身に差別的意図はなく、執筆当時の時代を反映しているものとの観点から、原文のままとしました。

五ページ以外の写真、ハガキはすべて著者提供。

平野レミ（ひらの・れみ）

料理愛好家、シャンソン歌手。主婦として料理を作り続けた経験を生かし、NHK「平野レミの早わざレシピ！」などテレビや雑誌を通じて数々のアイデア料理を発信。また、レミパンやエプロンなどのキッチングッズの開発も手がける。二〇二二年、『おいしい子育て』（ポプラ社）で第九回料理レシピ本大賞エッセイ賞受賞。エッセイ・言葉集に『家族の味』『エプロン手帖』『私のまんまで生きてきた。』（以上、ポプラ社）など、レシピ本に『平野レミのオールスターレシピ』（主婦の友社）、『平野レミの自炊ごはん』（ダイヤモンド社）など多数。X（旧Twitter：@Remi_Hirano）でも活躍中。

ド・レミの歌

二〇二五年三月十四日 第一刷発行

著者　平野レミ
絵　平野レミ
装丁　川名潤
発行者　加藤裕樹
編集　辻敦
発行所　株式会社ポプラ社
〒一四一-八二一〇
東京都品川区西五反田三-五-八
JR目黒MARCビル十二階
一般書ホームページ www.webasta.jp
印刷・製本　中央精版印刷株式会社
組版・校閲　株式会社鷗来堂

N.D.C.914/255P/18cm ISBN978-4-591-18556-8

P8008495